Günter Fanghänel

Der Tote in der Dreieichbahn

AF205174

Günter Fanghänel

Der Tote in DER DREIEICHBAHN

Ein Eppertshausen – Krimi

Herstellung und Verlag:
BoD - Books on Demand • Norderstedt

Alle Personen- und Firmennamen sind
frei erfunden, etwaige Übereinstimmungen
mit real existierenden Personen oder
Firmen wären rein zufällig.

ISBN: 9783751996174
Herstellung und Verlag: BoD Books on Demand • Norderstedt
© 2020. Autor und Herausgeber: Dr. habil. Günter Fanghänel,
Eppertshausen.
1. Auflage 2020; Alle Rechte beim Autor und Herausgeber.
Preis: 9,80 €

1.

Die kleine beschauliche hessische Gemeinde Eppertshausen liegt inmitten des Dreieckes Aschaffenburg – Darmstadt – Frankfurt.

An drei Seiten von schönen Wäldern umgeben, öffnet sich nur nach Süden der Blick über die Nachbargemeinde Münster bis zu den Hängen des Odenwaldes. Heute hat Eppertshausen etwa 6.500 Einwohner.

In den letzten Jahren hat dieser Ort, dem es gelungen war, bei der Hessischen Gebietsreform von 1974 seine Selbständigkeit zu bewahren, eine sehr positive Entwicklung genommen. Das ist vor allem einer klugen und vorausschauenden Kommunalpolitik, seit langem geführt von einem sehr engagierten Bürgermeister, zu danken. Die Vorteile, die sich aus der zentralen Lage im Rhein-Main-Gebiet ergaben, wurden konsequent genutzt.

Als Beispiele können das Gewerbegebiet *Park 45,* welches 2007 seiner Bestimmung übergeben wurde, sowie die Neubaugebiete *Im Eichstumpf* und *Am Abteiwald* genannt werden. Hier sind in den letzten Jahren zahlreiche Neubauten, meist Einfamilienhäuser, entstanden, womit die Lücke zum vorher etwas abseits gelegenen Ortsteil *Failisch* nahezu geschlossen wurde.

Natürlich spielte auch die sehr gute Verkehrsanbindung des Ortes über Straße und Schiene eine wichtige Rolle. So ist die jeweils zweispurig ausgebaute Autostraße B45 eine direkte Verbindung zum Autobahnnetz.

Die Dreieichbahn, die 1905 eröffnet und vor einigen Jahren modernisiert wurde, ist Teil des Rhein-Main-Verkehrsverbundes (RMV). Sie stellt im Süden, in Dieburg, den Anschluss an die Strecke Darmstadt – Aschaffenburg her. Im Norden kann man in Oberroden die S-Bahn nach Frankfurt über Offenbach und später in Buchschlag die S-Bahnen nach Frankfurt bzw. Darmstadt erreichen. Die Züge der Dreieichbahn (RB61) verkehren im Stundentakt, werktags in den Morgen- und Abendstunden sogar halbstündlich, wobei sehr viele von ihnen direkt nach bzw. von Frankfurt/Hauptbahnhof fahren.

Sonntag, der 23. August war ein wunderschöner Sommertag. Die Sonne strahlte und am blauen Himmel war kein Wölkchen zu sehen. In Dieburg war der Zug nach Buchschlag pünktlich um 13:13 Uhr abgefahren. In diesem Triebwagen saßen nur fünf Fahrgäste. Beim Halt in Münster waren noch zwei Personen zugestiegen.

Es war dann genau 13:18 Uhr, als der Zug plötzlich stark bremste und direkt auf einem unbewachten Bahnübergang kurz vor dem Bahnhof Eppertshausen stehen blieb. Die Fahrgäste schauten nach vorn zum Fahrer und sahen, dass dieser auf seinem Sitz zusammengesunken war und mit dem Kopf auf dem Armaturenbrett lag. Er schien ohnmächtig zu sein und die Sicherheitsfahrschaltung (Sifa) hatte die Vollbremsung ausgelöst.

Bei der Sifa muss der Fahrzeugführer spätestens nach 30 Sekunden ein Bedienelement kurz loslassen. Damit signalisiert er, dass er sich noch wachsam auf dem Führerstand befindet. Bleibt diese Aktion aus, erfolgt nach einem Warnsignal automatisch eine Zwangsbremsung.

Ein junger Mann fasste sich als erster und eilte nach vorn zum Fahrer. Er rief nach hinten: „Ich bin Rettungssanitäter und beginne mit der ersten Hilfe. Bitte ruft die 112 an!" Dann legte er den Fahrer auf den Boden, begann mit Herzmassage und Atemspende.

Eine junge Frau hatte die Rettungskräfte alarmiert und nach knapp fünf Minuten war ein Krankenwagen zur Stelle und der Notarzt kam wenig später. Ein Funkstreifenwagen mit zwei Polizisten von der Polizeistation Dieburg kam unmittelbar nach dem Notarzt. Dieser übernahm die weitere Behandlung. Die Beatmung wurde fortgesetzt, ein rasch angesetztes EKG-Gerät zeigte aber keine Herztätigkeit an. Man versuchte mit einem Defibrillator das Herz wieder zum Schlagen zu bringen, hatte aber keinen Erfolg. Der Notarzt konnte schließlich nur noch den Tod des Fahrers, bei dem es sich um einen relativ jungen Mann handelte, feststellen. Er sagte dann zu den beiden Streifenpolizisten: „Die Todesursache könnte ein Herzinfarkt sein, es gibt aber auch Anzeichen für eine Vergiftung. Da eine Obduktion sowieso erfolgt, wird man das sicher feststellen. Sie sollten aber vorsorglich von einer unnatürlichen Todesursache ausgehen."

Der Streifenführer, Polizeiobermeister Philipp Martin, ein im Dienst ergrauter, erfahrener Polizist bat seinen jungen Kollegen, die Dienststelle zu informieren und einen zweiten Streifenwagen anzufordern, um die Neugierigen fernzuhalten, die sich schon zu beiden Seiten des Bahnübergangs angesammelt hatten. Dann telefonierte er mit der Leitstelle der Bahn. Dort hatte der Dispatcher natürlich bereits bemerkt, dass der Zug stehen geblieben war und teilte mit, dass man einen Kleinbus schicken würde, mit dem die Fahrgäste weiterkommen könnten. Außerdem käme ein Mitarbeiter, der Auskunft zu dem toten Triebwagenführer geben könne. Philipp Martin wandte sich dann wieder seinen Kollegen zu: „Wir werden von allen Fahrgästen die Personalien aufnehmen und sie vorher fragen, ob sie etwas Ungewöhnliches bemerkt haben. Dann liegt die ganze Sache bei den Kollegen von der Kripo. Wenn wir die Daten des Triebwagenführers haben, müssen ja dann auch die Angehörigen verständigt werden. Der Zug wird hier wohl noch ein Weilchen stehen bleiben müssen."

Die Besatzung des Rettungswagens und der Notarzt verabschiedeten sich und die Polizisten begannen, die Personalien der Fahrgäste aufzunehmen und sie zu befragen.

Keiner von ihnen hatte etwas Außergewöhnliches bemerkt, sie hatten entweder gelesen oder mit ihren Smartphones hantiert. Lediglich die junge Frau, die den Notarzt angerufen hatte, meinte, dass der Fahrer kurz nach der Abfahrt in Münster sich aus seiner Thermoskanne etwas in einen Becher eingegossen und dann daraus getrunken habe. Kanne und Becher standen noch auf der Ablage am Armaturenbrett. Polizeiobermeister Martin nahm sich vor, diesen Sachverhalt gleich seinen Kollegen von der Kripo mitzuteilen. Inzwischen sorgte er dafür, dass sich niemand den eventuell wichtigen Beweisstücken nähern konnte.

Es dauerte dann etwa dreißig Minuten bis nahezu gleichzeitig ein Leichenwagen und der avisierte Kleinbus mit einem Mitarbeiter des RMV ankamen. Mit dem Bus konnten dann die

Fahrgäste ihre Reise fortsetzen. Der Eisenbahner konnte den Polizisten sagen, dass es sich bei dem Toten um Friedhelm Obermann handelt. Er wäre 45 Jahre alt, sei verheiratet und wohne in der Leipziger Straße in Eppertshausen. Dann wusste er noch zu berichten, dass seines Wissens nach Obermann seit etwa fünf Jahren beim RMV beschäftigt war. Zuvor sei er bei der Bundeswehr gewesen. Nachdem er seine Ausbildung als Triebwagenführer erfolgreich abgeschlossen habe, sei er meist auf der Dreieichbahn eingesetzt worden. Er galt als zuverlässig und freundlich. Genauere Angaben könne selbstverständlich die Personalabteilung liefern.

Philipp Martin bedankte sich bei dem Eisenbahner. Er hatte dessen Aussagen notiert und ihn gebeten, noch auf das Eintreffen der Kripo zu warten.

Der Leichnam von Friedhelm Obermann war inzwischen auf dem Weg nach Frankfurt zur Gerichtmedizin.

2.

In der Eppertshausener Straße *Am Kreuzfeld*, die in einem nach Norden offenen Halbkreis verläuft, steht an der südlichsten Stelle ein sehr schönes Zweifamilienhaus. Es gehört Werner und Liselotte Brenner.

Beide waren, bevor sie in den Ruhestand gingen, bei der Lufthansa beschäftigt, er als Pilot, sie als Stewardess. Werner Brenner, Jahrgang 1947, war in Eppertshausen geboren und groß geworden, seine Frau Lieselotte stammt aus dem Nachbarort Münster. Das Haus hatten sie 1986 bezogen. Ursprünglich wollten Werners Eltern mit einziehen, sie unten, die jungen Leute oben. Allerdings hat Werners Vater die Fertigstellung des Neubaus nicht mehr erlebt, da er kurz zuvor einem Herzinfarkt erlag. Aber Werners Mutter wohnte bis zu ihrem Tod im Herbst 2007 in ihrer eigenen Wohnung im Erdgeschoss. Für ihre Enkelin Steffi, die 1987 zu Welt kam, war es gut, dass die Oma im Haus war und die beiden hatten ein sehr inniges Verhältnis. Die Oma erlebte noch, dass ihre einzige Enkeltochter die Schule mit einem sehr guten Abitur abschloss und ein Studium an der Verwaltungsfachhochschule Leipzig begann.

2010 schloss Steffi Brenner ihr Studium als *Bachelor* ab und bewarb sich beim Polizeipräsidium in Gera. Sie wurde angenommen und als Assistentin von Hauptkommissar Günter Schreiber, dem Leiter der Mordkommission (MUK), eingestellt.

Dort lernte sie Lutz Waski, der 2012 als Kommissaranwärter zur MUK kam, kennen und lieben. 2015 heirateten die beiden und im Mai 2018 wurde ihr Sohn Tobias geboren.

Im vergangenen Jahr zog die junge Familie von Gera nach Eppertshausen. Steffis Eltern hatten in ihrem Haus extra die erste Etage großzügig modernisiert.

Der Ortswechsel wurde möglich, weil Lutz die Stelle des Leiters der Abteilung Gewaltverbrechen im Kommissariat K 10 der Regionalen Kriminalinspektion (RKI) Darmstadt erhalten hatte und zum Kriminalhauptkommissar befördert worden war.

Noch während des Umzuges wurde ihm sein erster Fall übertragen, den er mit seinem neuen Team bravourös löste.[1]

Nun saß Lutz seinem Schwiegervater in dessen Arbeitszimmer an einem kleinen runden Tisch bei einer Partie Schach gegenüber. Es waren erst wenige Figuren bewegt worden. Werner

---

[1] Siehe: Günter Fanghänel: Die Tote im Abteiwald.   BoD 2019 ISBN 9783739249032

9

Brenner hatte Weiß und die Spanische Eröffnung gewählt. Er hatte gerade den 3. Zug (Läufer von f1 nach b5) ausgeführt, als Tobias ins Zimmer gestürmt kam. Er rief: „Ich habe ausgeschlafen!", lief auf seinen Papa zu und wischte dabei die Schachfiguren vom Tisch.

Die beiden Männer lachten. Lutz nahm seinen Sohn in die Arme, warf ihn in die Luft und fing ihn wieder auf. Das Kind jauchzte vor Vergnügen und der Opa schmunzelte.

Da kam auch Steffi ins Zimmer, „Na, hat euch Tobi die Stellung ruiniert?", wollte sie wissen.

„Kein Problem", antwortete ihr Vater. „Wir wollten gerade erst beginnen und hatten noch nicht einmal drei Züge gemacht."

„Ich hatte wieder einmal Streit mit Mama", setzte Steffi das Gespräch fort. „Ihr wisst ja, dass ich im Kirchenchor *Stankt Valentin* mitsinge, was mir viel Spaß macht, vor allem weil wir in Claudia, also Frau Grün, eine so tolle Leiterin haben. Schade, dass derzeit wegen Corona alle Singstunden ausfallen. Claudia arbeitet hier im Kindergarten und da haben wir Tobias angemeldet. Nachdem die durch Corona bedingten Einschränkungen aufgehoben wurden, ist ab 1. September ein Platz für ihn frei und ich kann vielleicht bei der Gemeinde als Schwangerschaftsvertretung für Heidrun anfangen. Die Arbeitszeit wäre an vier Tagen in der Woche jeweils vier Stunden. Nun meint

Mama, deswegen müsse Tobias ja nicht in den Kindergarten gehen. Das sei zu früh für ihn und sie sei ja auch noch da. Ich wäre doch auch viel bei Oma gewesen. Dass damals andere Zeiten waren, wollte sie nicht gelten lassen und auch nicht mein Argument, dass es für die Entwicklung von Tobias gut ist, wenn er Umgang mit Gleichaltrigen hat. Es tut mir leid, dass Mama so uneinsichtig ist, aber wir werden bei unserer Entscheidung bleiben, zumal Tobias ja auch nur vier Stunden am Tag und auch nur viermal in der Woche den Kindergarten besuchen soll."

Werner Brenner antwortete seiner Tochter: „Steffi, im Prinzip gebe ich dir recht und werde nachher mal mit Lilo, wie Liselotte Brenner in der Familie und von Freunden genannt wird, in aller Ruhe reden. Aber vielleicht machen wir uns langsam fertig, wir wollen doch zum Kaffeetrinken nach Heimbuchenthal fahren. Es ist jetzt gleich halb drei, ich denke in etwa zehn Minuten sollten wir losfahren."

In dem Moment klingelte das Telefon. Werner nahm ab, hörte kurz zu und gab den Hörer mit den Worten: „Lutz, für dich", an seinen Schwiegersohn weiter.

„Waski", meldete sich dieser.

„Halbach vom KDD" (Kriminaldauerdienst), meldete sich eine Kollegin der RKI Darmstadt: „Kommissar Waski, wir haben eben einen

Anruf der Dieburger Kollegen erhalten. Kurz vor den Bahnhof Eppertshausen ist ein Zug der Dreieichbahn stehen geblieben, weil der Triebwagenführer plötzlich verstorben ist. Eine unnatürliche Todesursache kann nicht ausgeschlossen werden. Außerdem müssen Angehörige verständigt werden. Wir bitten Sie, hinzufahren und sich der Sache anzunehmen. Der Zug kam von Dieburg und steht auf dem unbewachten Bahnübergang kurz vor dem Bahnhof Eppertshausen. Polizeiobermeister Martin und ein Kollege vom RMV sind vor Ort."

„Gut, ich fahre gleich hin", beendete Lutz das Gespräch. Zu Steffi und Werner sagte er: „Ihr werdet wohl ohne mich nach Heimbuchenthal fahren müssen. Hier geht wieder einmal der Dienst vor und ich werde mich um den Tod eines Triebwagenführers kümmern müssen."

Werner schmunzelte und sagte zu seiner Tochter: „Warum hast du auch einen Kriminalkommissar geheiratet?" Steffi lachte: „Weil ich ihn liebe und du hast ja auch immer gesagt: *Dienst ist Dienst und Schnaps ist Schnaps.*"

Lutz hatte inzwischen eine leichte Jacke angezogen, nahm die Autoschlüssel, gab Steffi einen Kuss und verabschiedete sich mit den Worten: Ich wünsche Euch einen schönen Nachmittag."

3.

Sonntag, 14:50 Uhr

Kriminalhauptkommissar Lutz Waski war mit
seinem Auto über die *Babenhäuser Straße* in
den Kreisel an der Kirche gefahren, hatte diesen
Richtung Dieburg verlassen und war gleich
hinter dem Hotel *Alte Krone* in die Straße
Im Müllersgrund eingebogen. Nach wenigen
Metern begann links ein für normale
Kraftfahrzeuge gesperrter Feldweg, der zum
Bahnübergang führte. Dort angekommen wurde er vom Polizeiobermeister Philipp Martin
begrüßt: „Hallo Kollege Waski, schön, dass Sie
so schnell kommen konnten. Wir hatten hier
einen Toten und es ist unklar, ob eine natürliche
Todesursache vorliegt." Dann schilderte er,
dass der tote Triebwagenführer Friedhelm
Obermann auf den Weg zur Gerichtmedizin
nach Frankfurt sei. Man habe alle sieben
Fahrgäste befragt, diese hätten inzwischen,
nachdem man ihre Personalien aufgenommen
habe, mit einem von der Bahn gestellten
Kleinbus die Weiterfahrt angetreten. Polizeiobermeister Martin berichtete dann von der
Aussage der Zeugin, die gesehen hätte, wie der
Fahrer etwas aus seiner Thermoskanne in einen
Becher gegossen und dann davon getrunken
habe. Er setzte fort: „Die Kanne und den Becher
habe ich sichergestellt. Seit wir hier sind,

wurden diese Dinge nicht von Fahrgästen oder uns berührt. Ich habe beim Eintüten darauf geachtet, dass auch nicht aus Versehen meine Fingerabdrücke darauf kamen".

Lutz Waski lobte seinen Dieburger Kollegen, und bat, die in Plastiktüten verstauten Gegenstände zur KTU nach Darmstadt zu bringen, damit diese untersucht werden können, falls bei Obermann keine natürliche Todesursache vorliegen würde.

Dann wandte er sich dem Eisenbahner zu, der die ganze Zeit neben den beiden gestanden hatte. Dieser war zwar nicht in Uniform, hatte sich aber als Mitarbeiter bei der Betriebsleitung der Dreieichbahn vorgestellt. Er war mittelgroß, hager, hatte dunkelblondes schütteres Haar und war mit Jeans, einem Freizeithemd und Turnschuhen salopp gekleidet. Lutz schätzte ihn auf Anfang sechzig und stellte sich vor: „Kommissar Waski von der RKI Darmstadt. Was können Sie uns über den Verstorbenen sagen?"

Der Mitarbeiter des RMV antworte: „Ich heiße Ingo Kreis und arbeite in der Zentrale des RMV. Heute habe ich eigentlich frei, wurde dann aber von unserem diensthabenden Dispatcher informiert, dass es diesen Zwischenfall hier gegeben hat. Alles was ich über meinen toten Kollegen weiß, habe ich schon gesagt. Er heißt Friedhelm Obermann, ist 45 Jahre alt, verheiratet und wohnt hier in Eppertshausen." Ingo Kreis machte eine Pause. „Ich kann mich nicht daran gewöhnen, vom Kollegen Obermann in der Vergangenheitsform zu sprechen. Na, was soll's. Er war seit etwa fünf Jahren bei uns und kam vom Bund, also der Bundeswehr. Wir haben ihn zum Triebwagenführer ausgebildet und dann war er nahezu ausschließlich hier auf der Dreieichbahn eingesetzt. Er war zuverlässig und meines Erachtens bei den Kollegen beliebt. Um mehr zu erfahren, müssten Sie seine Personalakte einsehen."

Kommissar Waski bedankte sich und meinte, dass letzteres vielleicht nicht nötig sei, wenn bei der Obduktion eine natürliche Todesursache festgestellt würde. Dann erklärte er, dass der Zug seine Fahrt fortsetzen und den Bahnübergang frei machen könne, wenn er sich zuvor kurz noch den Arbeitsplatz von Obermann angesehen habe.

Danach ließ er sich die genaue Anschrift des Verstorbenen geben und verabschiedete sich von Ingo Kreis und seinem Kollegen Martin mit den Worten: „Es gibt Angenehmeres, als am Sonntagnachmittag eine Todesnachricht zu überbringen. Aber das gehört nun mal zu unserem Beruf".

4.

Lutz Waski war mit seinem Opel Insignia innerhalb von fünf Minuten bei der angegebenen Wohnadresse von Friedhelm Obermann und hielt vor einem hübschen Einfamilienhaus. Die Tür zu einem gepflegten Vorgarten stand offen, innen neben der Haustür befand sich ein Klingelknopf, darunter war zu lesen: *Carola und Friedhelm Obermann.*

Waski klingelte. Eine schlanke, attraktive Frau, Lutz schätzte sie auf Mitte 40, öffnete die Haustür einen Spalt und fragte, was es gäbe.

Der Kommissar zeigte seinen Dienstausweis und sagte: „Frau Obermann, ich komme von der Kriminalpolizei Darmstadt, es geht um ihren Mann. Kann ich bitte hereinkommen?"

Carola Obermann schloss die Tür, man hörte, wie sie die Sicherheitskette abnahm, dann öffnete sie und bat Lutz Waski, ihr in ein recht geräumiges und gut eingerichtetes Wohnzimmer zu folgen.

„Was ist mit meinem Mann?", wollte sie wissen. „Er ist nicht zuhause, wahrscheinlich treibt er sich bei seiner Geliebten herum. Selbst wenn er sonntags frei hat, er ist beim RMV beschäftigt, bleibt er meist nicht bei mir. Ich arbeite beim REWE, da habe ich auch

16

Schichtdienst, oft auch am Sonnabend und unsere gemeinsame Zeit ist sowieso begrenzt. Aber seitdem er diesem Flittchen nachläuft, sehe ich ihn kaum noch. Ich fürchte, unsere Ehe ist am Ende. Aber was ist nun mit ihm?"

„Setzen wir uns erst einmal", meinte der Kommissar. Beide nahmen an einem kleinen Couchtisch Platz, er auf einem Sessel, sie auf dem Sofa. Dann sagte Waski: „Frau Obermann, ich habe leider eine ganz schlechte Nachricht für Sie.

Ihr Mann ist tot. Er hatte heute doch Dienst und ist kurz vor der Einfahrt in Eppertshausen am Steuerpult seines Triebwagens zusammengesunken, worauf der Zug stehen blieb. Fahrgäste haben sofort die 112 gewählt. Rettungssanitäter und Notarzt waren sehr schnell zur Stelle, konnten aber nur den Tod Ihres Mannes feststellen. Wahrscheinlich hat er einen Herzinfarkt erlitten, aber das muss noch geklärt werden. Mein aufrichtiges Beileid."

Fassungslos starrte Carola Obermann den Kommissar an. „Das kann gar nicht sein, mein Mann hatte heute doch gar keinen Dienst. Hier liegt sicher eine Verwechslung vor."

„Ich fürchte nicht", erhielt sie zur Antwort. „Es ist nahezu sicher, dass es sich bei dem Toten um Ihren Mann handelt. Er hatte seinen Ausweis und auch den Dienstausweis bei sich und Herr

Kreis vom RMV hat seine Identität bestätigt. Aber natürlich müssen auch Sie Ihren Mann identifizieren."

„Können wir das gleich erledigen, kann ich meinen Mann sehen?", wollte Frau Obermann wissen.

Lutz Waski entgegnete: „Das ist leider nicht möglich. Der Leichnam Ihres Mannes wurde in die Gerichtsmedizin nach Frankfurt gebracht. Das ist bei allen derartigen Todesfällen die Vorschrift. Ich denke aber, dass es morgen im Laufe des Tages einen Termin gibt. Wir rufen Sie an und lassen Sie auch abholen."

Nach einer geraumen Weile, in der Carola Obermann gedankenverloren vor sich hinsah, hob sie ihren Blick und fragte: „Herr Kommissar, kann ich Ihnen etwas anbieten?"

„Danke, ein Glas Wasser wäre nicht schlecht", lautete die Antwort.

Frau Obermann stand auf, verließ den Raum und kam nach kurzer Zeit mit einer Flasche Mineralwasser und zwei Gläsern zurück.

Lutz Waski öffnete die Flasche, goss in beide Gläser ein und reichte eines der Witwe, die inzwischen wieder auf dem Sofa Platz genommen hatte, mit den Worten: „Frau Obermann, haben Sie jemand, der sich jetzt um Sie kümmern kann? Soll ich einen Arzt oder einen Seelsorger rufen? Leben Ihre Eltern und die Ihres Mannes noch? Können wir diese eventuell erreichen?"

Die so Angesprochene antwortete: „Danke, ich komme schon allein zurecht. Meine Eltern sind seit zwei bzw. drei Jahren tot. Sie haben mir dieses Haus hier vermacht. Geschwister habe ich nicht. Aber ich rufe nachher gleich meine Freundin an, die ein paar Häuser weiter wohnt. Sie wird dann sicher sofort kommen.

Friedhelm ist allein bei seiner Mutter aufgewachsen, seinen Vater habe ich nie kennengelernt, ich glaube, er auch nicht. Karoline, also seine Mutter, ist ziemlich dement und lebt jetzt in einem Pflegeheim in Heusenstamm. Wir hatten nie ein besonders gutes Verhältnis, weil sie meinte, dass ich ihr den Sohn, der bis zu unserer Hochzeit bei ihr gelebt hatte, weggenommen habe. Ich fahre aber nachher zu ihr. Mal sehen, ob sie die Nachricht begreifen kann, dass ihr Sohn tot ist."

Kommissar Waski war froh, dass er keine weiteren Angehörigen informieren musste und verabschiedete sich von Carola Obermann mit dem Hinweis, dass man sie am kommenden Tag abholen und zum gerichtsmedizinischen Institut nach Frankfurt begleiten würde. Er gab ihr auch noch den Rat, sich von ihrem Hausarzt ein paar Tage krankschreiben zu lassen. Das sei bei einem plötzlichen Tod eines Angehörigen absolut üblich.

Nachdem sich Lutz Waski nochmals überzeugt hatte, dass Frau Obermann ganz gut allein zurechtzukommen schien, setze er sich in sein Auto und fuhr heim.

Da seine Frau, sein Sohn Tobias und die Schwiegereltern noch unterwegs waren, ging er in sein Arbeitszimmer, informierte zunächst telefonisch den Diensthabenden in der RKI über den Sachverhalt und nahm seinen Laptop, um das Protokoll zu schreiben.

Es war dann fast halb sechs, als seine Frau, sein Sohn und die Schwiegereltern von ihrem Nachmittagsausflug zurückkamen. Tobias, der die Rückfahrt im Auto verschlafen hatte, war putzmunter, stürmte auf seinen Vater zu und plapperte los: „Papa, ich habe Ziegen gestreichelt und gefüttert und hatte gar keine Angst."
Lutz nahm den Kleinen auf den Arm und schäkerte mit ihm. Seine Frau berichtete, dass sie erst schön Kaffee getrunken hätten und dann auf einem Spielplatz und in einem kleinen Streichelzoo waren.
Von Werner Bremer kam dann der Vorschlag, dass man doch gemeinsam zum Abendessen in die *Krone* gehen könnte, Tobias habe ja im Auto geschlafen und würde sicher durchhalten. Bis zur Übertragung des Finales der Champions-league um 21:00 Uhr sei man sicher wieder zuhause.

Alle waren einverstanden und Steffi meinte, wenn es mit dem Kleinen Probleme gäbe, könne sie ja mit ihm vorzeitig heimfahren.

Ihre Mutter rief gleich im Restaurant an und reservierte einen Tisch für fünf Personen.

Die *Alte Krone*, ein renommiertes Hotel und Restaurant steht rechts am Ortsausgang von Eppertshausen in Richtung Münster und war, nachdem die durch Corona bedingten Einschränkungen gelockert werden konnten, sehr gut besucht.

Werner Brenner und die Seinen hatten sich an einem Tisch am Fenster niedergelassen, nicht ohne vorher zahlreichen Bekannten freundlich zuzuwinken. An einem der Nachbartische saß Skatbruder Uwe mit Frau und Schwiegereltern. Er kam auf Lutz zu und fragte: „Lutz, stimmt es, dass Ihr heute Friedhelm Obermann tot im Zug aufgefunden habt und dass er erschossen wurde? Hier kursieren die tollsten Gerüchte."

Lutz schüttelte den Kopf: "Es ist richtig, Herr Obermann ist im Führerstand seines Zuges verstorben. Alles andere ist totaler Quatsch. Wahrscheinlich war es ein Herzinfarkt, aber das wird natürlich noch untersucht. Kanntest du ihn denn näher?"

„Das kann man wohl sagen", erhielt er zur Antwort. „Friedel und ich waren Schulkameraden, gemeinsam auch *Kerbburschen* und haben manchen Blödsinn verzapft. Dann ging er zum Bund und wurde auch in Afghanistan eingesetzt. Er kam verwundet und völlig verändert zurück. Wir haben uns aber dennoch öfters getroffen. Vorige Woche haben wir in der TAV-Gaststätte gewürfelt, da hat er erzählt, dass ihm sein Afghanistaneinsatz bis nach Eppertshausen nachgelaufen sei. Einer der dortigen Zivilangestellten sei plötzlich bei ihm aufgetaucht und habe verlangt, dass er seinen Asylantrag befürworten solle. Friedel habe ihn dann an die zuständigen Stellen verwiesen, meinte aber, dass der Antrag wenig Aussicht auf Erfolg haben würde. Der Asylant habe aber nicht einsehen wollen, dass Friedel nichts machen könne. Im Standort *Kunduz* habe er doch auch das Sagen gehabt. Verärgert und Verwünschungen murmelnd sei er schließlich abgezogen."

Inzwischen war das Essen serviert worden, weshalb Lutz und Uwe zurück zu ihren jeweiligen Tischen gingen.

Pünktlich um 21:00 Uhr saßen dann Werner und Lutz vor dem Fernseher. Lilo kam wenig später dazu und auch Steffi, die Tobias ins Bett gebracht hatte, sah sich danach das Spiel mit an. Alle fanden es spannend und freuten sich am Ende über den Sieg des FC Bayern.

5.

Kriminalhauptkommissar Lutz Waski kam zu seinem Schreibtisch im Kommissariat K 10 der RKI Darmstadt und fuhr seinen PC hoch. Er begrüßte seine Kollegin, die schon an ihrem Platz gegenüber saß. Melanie Forstmann war eine junge, etwa 1,70 m große, schlanke Frau und wie immer adrett gekleidet. Heute trug sie einen hellbraunen Hosenanzug und eine oliv-farbene Bluse, die gut zu ihrem hellblonden Haar passte. „Lutz", sagte sie: „Ich freue mich ja so über meine Beförderung zur Hauptkommissarin. Darauf möchte ich mit den Kollegen gern anstoßen, wäre es Ihnen übermorgen recht? Ich müsste aber natürlich noch unseren Chef fragen."

Lutz antwortete: „Melanie, ich habe Ihnen ja schon am Freitag gratuliert, als Sie vom Polizeioberrat Werner Schütz mit der Beförderungsurkunde in der Hand zurückkamen. Ich kann nur nochmals sagen, wie sehr ich mich freue, dass Ihre gute Arbeit, nicht zuletzt auch die in der Zeit, als Sie das K 10 kommissarisch geleitet hatten, die verdiente Anerkennung gefunden hat.

Nachher um 14:00 Uhr ist ja die obligatorische Dienstbesprechung des K 10. Da kommen Sie am besten zu Beginn mit, um den Termin für ihre kleine Feier zu besprechen."

Dann berichtete Kommissar Waski von dem Tod des Triebwagenführers der Dreieichbahn. Er meinte: „Wahrscheinlich gibt es eine natürliche Todesursache, aber mal abwarten, was die Gerichtsmedizin sagt."

Dann machten sich die beiden daran, unvermeidlichen Schreibkram zu erledigen.

Gegen 11:30 Uhr klingelte das Telefon und es meldete sich Dr. Heiko Bruns von der Gerichtsmedizin: „Hallo Herr Waski. Ich habe den Toten, den Sie mir gestern eingeliefert haben, untersucht. Es gibt Arbeit für Sie. Der Mann ist ganz eindeutig vergiftet worden. Die Todesursache ist Strychnin. Aber sicher wollen Sie oder einer Ihrer Leute direkt vorbeikommen, um Genaueres zu erfahren. Ich kann Ihnen aber auch den Bericht schicken, was dann aber noch etwas dauern dürfte."

Melanie hatte mitgehört, da Lutz das Telefon laut gestellt hatte. Er antwortete: „Danke für Ihren Anruf. Natürlich werde ich selbst kommen und bei dieser Gelegenheit sollten wir auch Frau Obermann dazu bitten, damit sie ihren Mann identifizieren kann. Wäre es Ihnen recht, wenn ich so gegen 14:00 Uhr eintreffe? Frau Obermann würde ich dann so abholen lassen, dass sie 14:30 Uhr dazu kommt."

Dr. Bruns war einverstanden.

Waski wandte sich wieder an seine Kollegin: „Melanie, da ich zu Bruns fahre, müssen Sie mich bei der Besprechung um 14:00 Uhr vertreten. Vorher gehen Sie bitte noch zur KTU und informieren Kommissar Goebel, dass ein Todesfall durch Strychninvergiftung vorliegt. Die gestern von den Dieburger Kollegen dort abgegebenen Dinge, also die Thermoskanne und der Becher aus dem Zug müssen vorrangig untersucht werden.

Was wissen wir eigentlich über Strychnin?"

„Nicht sehr viel", erhielt er zur Antwort, „aber wir können ja gleich einmal ins Internet schauen."

Dort fanden sie folgende Angaben:

Strychnin ist ein sehr giftiges Alkaloid. Bereits in geringen Dosen bewirkt Strychnin eine Starre der Muskeln. Eine Menge von 30 bis 120 mg Strychnin kann für einen erwachsenen Menschen tödlich sein. Strychnin wird rasch über die Schleimhäute aufgenommen

Es wurde früher auch als Rattengift verwendet. Im Gegensatz zur Darstellung in Kriminalromanen eignet sich Strychnin schlecht zum Mord durch (orale) Vergiftung, da es noch in einer Verdünnung von 1:130.000 geschmacklich wahrnehmbar ist. Dennoch sind vereinzelte auf Vergiftung mit Strychnin zurückzuführende Morde dokumentiert. So brachte der Serienmörder Thomas Neill Cream einen Teil seiner Opfer in den USA und England mit Hilfe von Strychnin um.

Waski sagte: „Na, da bin ich aber nun sehr neugierig, was Dr. Bruns meint, wie Friedhelm Obermann das Gift aufgenommen haben soll. Wir haben doch die Zeugenaussage, dass Obermann kurz vor seinem Tod etwas aus einer Thermoskanne getrunken haben soll. Bisher hatte ich angenommen, es sei Kaffee gewesen, aber im Internet stand ja auch, dass das Gift kaum wasserlöslich ist. Es kann dann also schwerlich in dem Kaffee gewesen sein. Vielleicht war in der Thermoskanne aber auch was ganz anderes. Na, das wird unsere KTU schon herausfinden."

Damit verabschiedete er sich und rief Frau Obermann an, dass er sie um 14:30 Uhr im Institut für Gerichtsmedizin Frankfurt erwarten würde. Ein Kollege von ihm würde sie rechtzeitig abholen, also so etwa fünfzehn Minuten vor zwei.

Danach ging er zu seinem Kollegen, Kommissar Achim Liebers, informierte ihn über den neuen Fall und beauftragte ihn, Carola Obermann zu dem genannten Termin abzuholen.

Schließlich begab er sich noch zu seinem Chef, Kriminalrat Torsten Haase, um ausführlich über den Tod von Friedhelm Obermann zu berichten, der ja nun zu einem Fall für die Mordkommission geworden war.

6.

Montag, 14:00 Uhr

Kriminalhauptkommissar Lutz Waski war pünktlich im Institut für Rechtsmedizin, das in der Frankfurter Kennedyallee sein Domizil hat, eingetroffen und wurde von Dr. Heiko Bruns begrüßt: „Hallo, Herr Kommissar. Immer wenn wir uns treffen geht es um Tote. Können Sie mir nicht mal was hübsches, junges Lebendiges schicken?"

Waski, der mit dem Gerichtmediziner in der Vergangenheit schon mehrfach zu tun hatte, seine gründliche Arbeit zu schätzen wusste, aber auch seine flapsigen Sprüche kannte, antwortete mit einem Schmunzeln: „Ja, Herr Doktor, da haben Sie sich wohl die falsche Sparte ausgesucht. Wenn Sie als Schönheitschirurg praktizieren würden, wäre Ihr Klientel vielleicht nicht unbedingt jünger, aber sicher lebendiger und wahrscheinlich auch reicher."

„Da haben Sie recht", erhielt er zur Antwort. „Aber ich bin gern Forensiker und es befriedigt mich, wenn ich zur Aufklärung eines Verbrechens beitragen kann. In unserem Fall hier liegt sicher ein solches vor. Wir haben Herrn Obermann, also seine sterblichen Überreste, gründlich untersucht. Alle äußeren Anzeichen deuteten auf eine Vergiftung hin. Unser Verdacht, dass Strychnin im Spiel war, wurde durch die Untersuchung der inneren Organe bestätigt. Im Magen fanden wir dann ein Flüssigkeitsgemisch aus starkem Kaffee und Weinbrand, dem das Gift beigemischt war. Ein Schluck hatte genügt, um den Exodus herbeizuführen. Wie es dazu kam, das herauszufinden, ist Ihr Job, verehrter Herr Kommissar."

„Na, wir wissen schon Einiges", erklärte Lutz Waski. „Eine Zeugin hat beobachtet, wie Obermann kurz vor seinem Tod eine Flüssigkeit aus seiner Thermoskanne in einen Becher gegossen und dann davon getrunken hatte. Kanne und Becher befinden sich bei der KTU."

„Da werden Ihre Leute sicher fündig werden", meinte Dr. Bruns. „Was sagen wir denn zu Frau Obermann, wenn sie jetzt kommt?"

Waski meinte: "Ich denke, es genügt, wenn wir ihr sagen, dass ihr Mann vergiftet wurde und die näheren Umstände noch geklärt werden müssen. Wichtig ist für uns die Identifizierung und dann möchte ich natürlich möglichst viel über ihren Mann, ihre Ehe usw. erfahren. Sie machte eine Bemerkung, dass er eine Geliebte gehabt hätte. Sicher haben Sie nachher einen Raum, in dem wir, mein Kollege, der sie bringt, und ich, uns mit ihr unterhalten können."

Doktor Bruns sagte, dass dies kein Problem sei, es gäbe einen Aufenthaltsraum, in dem sogar ein Kaffeeautomat stünde.

Es dauerte dann auch nicht mehr lange, bis von der Pforte ein Anruf kam, dass ein Kommissar Liebers und eine Frau zu Doktor Bruns wollen. Dieser veranlasste, dass die beiden gebracht wurden. Wenig später betraten diese den Sektionsraum.

„Guten Tag Frau Obermann", begrüßte Lutz Waski die Witwe. „Darf ich Ihnen Doktor Bruns vorstellen? Er wird Ihnen gleich einen Toten zeigen und es wäre schön, wenn Sie bestätigen könnten, dass es ihr Mann ist. Ich weiß, das ist nicht leicht für Sie, aber es muss sein."

Carola Obermann nickte und wandte sich dem Gerichtsmediziner zu.

Dieser öffnete ein Kühlfach, zog die Bahre heraus, auf der der zugedeckte Leichnam lag, und schlug das Tuch, welches den Körper vollständig bedeckte, am Kopfende zurück.

Frau Obermann schaute hin und Tränen liefen über ihr Gesicht Sie ging nahe heran aber traute sich nicht, den Toten zu berühren. Dann sagte sie: "Ja, das ist – das war mein Mann. Woran ist er denn gestorben?"

Dr. Bruns, der den Toten inzwischen wieder zugedeckt hatte, antwortete: „Wir konnten eine natürliche Todesursache ausschließen und mussten feststellen, dass Ihr Mann vergiftet wurde. Hauptkommissar Waski und seine Leute werden das *Wie* und das *Warum* ermitteln

29

und – davon bin ich überzeugt – das Ganze aufklären. Ich möchte Ihnen mein aufrichtiges Beileid aussprechen. Die Leute von der Kripo wollen sich noch mit Ihnen unterhalten. Ich bringe sie drei noch in einen Raum, in dem dies ungestört geschehen kann, dann muss ich mich aber verabschieden."

Dr. Bruns begleitete dann seine Besucher bis zum Aufenthaltsraum, gab Frau Obermann die Hand, nickte den Kommissaren zu und verließ mit einem kurzen *Tschüss* den Raum.

Die Übriggebliebenen setzten sich an einen der kleineren Tische. Kommissar Liebers stand aber gleich wieder auf und holte, nachdem er vorher gefragt hatte, vom Automaten drei Becher Kaffee, Milch und Zucker brachte er auch mit.

Nachdem jeder einen Schluck genommen hatte, wandte sich Kommissar Waski an Frau Obermann: „Wie Dr. Bruns schon gesagt hat, haben wir ein paar Fragen. Es ist sicher schwer für Sie, aber es wäre schön, wenn Sie mir etwas mehr von Ihrem Mann erzählen könnten. Wie lange kennen Sie ihn? Was hat er vor seiner Zeit beim RMV gemacht? Hatte er spezielle Hobbys? Kennen Sie Freunde von ihm?"

Es entwickelte sich ein längeres Gespräch, aus dem Kommissar Waski das Folgende erfuhr:

Friedhelm Obermann wurde am 15. Juni 1977 geboren und wuchs bei seiner Mutter in

Eppertshausen auf. Er habe nie erfahren, wer sein Vater war. Von 1984 bis 1988 besuchte er die Grundschule in seinem Heimatort, anschließend die *Schule auf der Aue* in der Nachbargemeinde Münster. Diese verließ er 1998 mit einem recht guten Realschulabschluss und begann eine Ausbildung zur Fachkraft für Metalltechnik bei einer in Eppertshausen ansässigen Firma. Von dieser Firma wurde er übernommen und arbeitete dort bis 1999. Später leistete er seinen Grundwehrdienst ab und ist in der Folgezeit bei der Bundeswehr geblieben. Zuletzt hatte er den Rang eines Oberstabsfeldwebels. Von 2012 bis 2014 war er zu einem Einsatz in Afghanistan, zog sich dort eine Verwundung am linken Bein zu und kam ins Lazarett nach Koblenz. Seine Verwundung war zwar nicht lebensbedrohlich, führte aber doch zu einer Behinderung. Nach seiner Entlassung aus dem Bundeswehrkrankenhaus wurde er deshalb ausgemustert.

Er absolvierte dann eine Ausbildung als Triebwagenführer beim RMV und hat dort, wie seine Frau meinte, gern gearbeitet.

Carola Obermann, geb. Feiler, ist zwei Jahre jünger als ihr Mann und stammt auch aus Eppertshausen.

Beide hatten die gleichen Schulen besucht, mit einem Abstand von zwei Jahren. Sie kannten sich also schon seit ihrer Kindheit. Beim *Set-*

chesball 1999 habe es dann zwischen ihnen richtig gefunkt und 2005 wurde geheiratet.

Die Ehe sei sehr glücklich gewesen, zumindest bis vor Kurzem, sagte Carola Obermann. Der Dienst beim Bund habe ihren Mann gefallen und von seinem Standort Fritzlar war er auch schnell zuhause.

Von dem Einsatz aus Afghanistan sei er allerding sehr stark verändert zurückgekommen. Nicht nur seine Verwundung, sondern vor allem die Erlebnisse dort hätten ihn sehr belastet. So habe er ihren Wunsch nach Kindern strikt abgelehnt. In diese Welt könne man keine Kinder setzen und man müsse das Leben genießen so gut wie irgend möglich.

„Frau Obermann", wandte sich Kommissar Waski gegen Ende der Unterhaltung seiner Gesprächspartnerin zu: „Ich muss noch auf ein für Sie vielleicht heikles Thema zu sprechen kommen. Bei unserem gestrigen Zusammentreffen erwähnten Sie etwas von einer Geliebten, die ihr Mann gehabt hätte. Würden Sie uns bitte etwas mehr dazu sagen?"

Er erhielt folgende Antwort:

„Ja, da muss ich vielleicht etwas weiter ausholen. Wie schon gesagt, Friedel, so habe ich meinen Mann genannt, wollte das Leben genießen. Wir haben viel gemeinsam unternommen, z.B. Disko- und Kinobesuche und Wochenendurlaube in schönen Hotels. In den richtigen Urlaub sind wir auch gefahren, z.B. nach Prag, Paris, Budapest und Wien. Wir waren auch auf Mallorca und Gran Canaria. Bei einigen dieser Reisen waren auch Felix und Dorle mit von der Partie. Felix Dalmer ist ein Arbeitskollege von Friedel, Dorothea, sie wurde nur Dorle genannt, dessen Frau. Beide sind in unserem Alter und es entwickelte sich eine recht intensive Freundschaft. Die beiden Männer haben sich sehr gut verstanden. Felix kam aus Reinheim und war eher ein ruhiger Typ. Seine Frau war vom Temperament her das ganze Gegenteil, mir war sie manchmal etwas zu leichtfertig. Wir haben uns oft gegenseitig besucht und dabei gemeinsam gespielt, DVDs angesehen und manchmal auch gegrillt.

In der letzten Zeit haben wir auch jeden Jahreswechsel zusammen gefeiert. Vergangenes Silvester haben wir bei uns gefeiert. Wir waren alle ganz schön in Stimmung, da kamen die Männer auf die Idee, einmal die Partner zu tauschen. Dorle war gleich dabei, ich erst nicht. Da ich aber auch schon einiges getrunken hatte, bin ich schließlich mit Felix im Schlafzimmer verschwunden, Dorle und Friedhelm nutzten die Couch im Wohnzimmer. Für mich war das Ganze, vielleicht auch wegen meiner moralischen Bedenken, sehr unbefriedigend. Felix erwies sich nicht gerade als guter Liebhaber, wenn sie verstehen, was ich meine.

Er gab sich zwar Mühe aber von Friedhelm war ich Besseres gewohnt. Er und Dorle haben das Ganze aber wohl anders empfunden. In der Folgezeit war das Verhältnis zwischen uns Vieren gestört. Friedel und sicher auch Dorle wollten das Spielchen zwar gern wiederholen, ich aber nicht und Felix auch nicht. Deshalb wurde schließlich Dorle die Geliebte meines Mannes und er war oft bei ihr. Felix durfte dies aber nicht wissen, er war nämlich ziemlich eifersüchtig.

In den letzten Wochen kam es zwischen Friedel und mir oft zum Streit, aber ich wollte nicht wahrhaben, dass unsre Ehe am Ende sein sollte. Dass Felix etwas mit dem Tod meines Mannes zu tun haben könnte, kann ich mir aber beim besten Willen nicht vorstellen. Können Sie mir sagen, wie Friedel vergiftet wurde und wer das getan haben soll?"

„Wir stehen ganz am Anfang unserer Ermitt-lungen", antwortete Kommissar Waski, „aber ich hatte gehofft, von Ihnen einige Hinweise zu bekommen. Hatte Ihr Mann Feinde? Gab es in der letzten Zeit Drohungen? Wissen Sie etwas über einen Ausländer, der aus Afghanistan stammen und mit ihrem Mann länger ge-sprochen haben soll?"

Carola Obermann antwortete: „Von Drohungen weiß ich nichts und dass Friedel Feinde gehabt hätte, kann ich mir nicht vorstellen. Er hatte zu seinen Schulfreunden hier und zu seinen Kammeraden beim Bund ein sehr gutes Verhältnis. Von Fritzlar aus wurde er nach seinem Ausscheiden aus dem aktiven Dienst eine Weile psychologisch betreut und auch in der Folgezeit gab es regelmäßigen Kontakt zu seiner alten Einheit. Wer sollte ihm denn nach dem Leben getrachtet haben?

Zu Ihrer Frage nach dem Ausländer fällt mir ein: Vor einer reichlichen Woche erwähnte Friedel, dass ihn Achmed aufgesucht habe. Friedel war in Afghanistan als *Spieß* für die Versorgung der Truppe zuständig und hat eng mit Einheimischen zusammengearbeitet. Einer davon war Achmed. Friedel habe sich gewundert, wie der nach Deutschland gekommen sei. Achmed verlangte Unterstützung für seinen Asylantrag. Er wollte oder konnte nicht begreifen, dass Friedel da nichts tun konnte.

In Afghanistan hätte der doch so viel zu sagen gehabt. Friedel habe Achmed schließlich an seine Dienstelle in Fritzlar verwiesen und verärgert sei dieser abgezogen."

Kommissar Waski hatte befriedigt gesehen, dass sich sein Kollege Liebers fleißig Notizen gemacht hatte und wandte sich wieder der Witwe zu: „Frau Obermann, ich bedanke mich sehr für Ihre Offenheit und die ausführlichen Antworten und hoffe, dass diese uns einen Schritt weiterbringen. Zum Schluss habe ich aber noch eine Frage, die Sie bitte nicht falsch verstehen wollen. Ich muss aber wissen, wie Sie das Wochenende verbracht haben und wann Sie Ihren Mann zum letzten Mal gesehen haben."

Die Antwort überraschte ihn nicht. Empört kam es zurück: „Sie glauben doch wohl nicht, dass ich etwas mit dem Tod von Friedel zu tun habe?"

„Glauben ist nicht mein Beruf", antwortete Waski. „Wir Kriminalisten dürfen bei einem solchen Fall nicht glauben, sondern müssen wissen. Fakten sind wichtig, Ahnungen und Vermutungen nützen da wenig. Wenn es Sie aber beruhigt, ich gehe nicht davon aus, dass Sie mit dem Tod Ihres Mannes etwas zu tun haben. Beantworten Sie aber bitte trotzdem meine Fragen."

Die Kommissare erfuhren schließlich das Folgende:

Am Sonnabend hatte Frau Obermann Spätschicht bei REWE und war erst kurz nach 20:30 Uhr zuhause.

Ihr Mann saß vor dem Fernseher und schaute einen Krimi. In die Handlung wäre sie nicht mehr hineingekommen und habe deshalb zunächst in der Küche gewirtschaftet und dann ein bisschen gelesen. Nach dem Ende des Krimis habe sie sich noch mit Friedel unterhalten wollen, was dieser abgelehnt habe, da er sich noch den dritten Teil der Krimiserie *Die Chefin* ansehen wollte. Sie sei ins Bett gegangen, habe eine Schlaftablette genommen und sei auch gleich eingeschlafen. In der Nacht habe sie bemerkt, dass ihr Mann neben ihr schlief. Gegen acht Uhr sei aber das Bett von Felix leer gewesen. Sie habe dann in der Küche bemerkt, dass er wohl kurz gefrühstückt hatte, aber im Haus sei er nicht mehr gewesen. Ihr erster Gedanke wäre gewesen, dass er sei zu Dorle gefahren sei. Er hatte ja frei, Felix aber Dienst. Sie habe dann am Vormittag kurz in der Nachbarschaft ihre Freundin besucht, dann eine Kleinigkeit zu Mittag gegessen und danach die Küche aufgeräumt. Wenig später sei dann die Polizei gekommen.

Waski bedankte sich nochmal und bat Achim Liebers, Frau Obermann nach Hause zu fahren. Er selbst fuhr dann zurück zum Präsidium.

7.

Montag, 17:30 Uhr

Die Regionale Kriminalinspektion Darmstadt hat ihren Sitz in der Klappacher Straße. Das Arbeitszimmer von Hauptkommissar Lutz Waski, welches er sich mit seiner Kollegin, der frisch beförderten Kriminalhauptkommissarin Melanie Forstmann teilte, lag im ersten Stock. Anwesend waren hier außer den beiden noch Kriminalkommissar Achim Liebers sowie der Leiter des Kommissariats K 10, Kriminalrat Torsten Haase. Dieser forderte Lutz Waski auf, einen Bericht zur aktuellen Lage zu geben und zu erläutern, wie er sich das weitere Vorgehen gedacht habe.

Waski berichtete von dem durch den plötzlichen Tod des Triebwagenführers am Sonntagmittag liegengebliebenen Zug der Dreieichbahn, seine dort geführten Gespräche sowie seinem Besuch bei der Witwe des verstorbenen Friedheim Obermann.

Dann kam er auf das Geschehen in der Frankfurter Gerichtsmedizin zu sprechen und führte aus:

„Dr. Heiko Bruns, den wir ja alle kennen, hat eindeutig festgestellt, dass Friedhelm Obermann vergiftet wurde, und zwar mit Strychnin. Das Gift war mit hoher Wahrscheinlichkeit in

Weinbrand aufgelöst worden und dieser wurde dann einer Portion Kaffee beigemischt. Eine Zeugin hat gesehen, wie der Triebwagenführer sich kurz vor seinem Zusammenbrechen ein Getränk aus seiner Thermoskanne in einen Becher gegossen und dann davon getrunken hat. Kanne und Becher befinden sich bei der KTU.

Wir haben uns dann eingehend mit Frau Obermann unterhalten. Sie hatte zuvor ihren Mann identifiziert. Damit, sowie durch die bei dem Toten gefundenen Ausweise und der Aussage eines RMV-Mitarbeiters gibt es hier keinerlei Zweifel an der Identität des Toten."

Kommissar Waski informierte dann ausführlich über das Gespräch mit Carola Obermann, welches einige Erkenntnisse zum Lebenslauf des Toten und zur Ehe der beiden erbracht habe. Er hob die Sache mit der Geliebten und das Auftauchen des aus Afghanistan geflüchteten Achmed hervor.

Er setzte dann fort:

„Zum gegenwärtigen Zeitpunkt kann ich kaum ein Mordmotiv erkennen. Natürlich könnten die betrogene Ehefrau oder der Mann der Geliebten, Felix Dalmer, der ja ein Freund und Arbeitskollege von Friedhelm Obermann war, diesen nach dem Leben getrachtet haben. Carola Obermann schien mir aber völlig überrascht vom Tod ihres Mannes und meine vor-

sichtigen Fragen zu ihrem Tun am Sonntag-
vormittag hat sie offen beantwortet. Danach hat
sie ein Alibi, das natürlich noch überprüft
werden muss. Ich kann mir allerdings nicht
vorstellen, dass sie ihren Mann getötet hat.
Zu Dalmer wissen wir noch gar nichts. Er und
seine Frau müssen als nächstes befragt werden.
Eine weitere Spur, die es zu verfolgen gilt, führt
zu dem Afghanistan-Flüchtling. Er soll
Friedhelm Obermann gedroht haben. Wobei es
ziemlich rätselhaft ist, wie dieser an Strychnin
gekommen sein soll und dies in die Thermoskanne des RMV-Zuges getan haben könnte.
Dieses muss sowieso vorrangig untersucht
werden.
Ich schlage folgende Schritte vor:
1. Melanie unterhält sich ausführlich mit
   Carola Obermann und fährt dann zu
   Dorothea und Felix Dalmer. Dass dabei
   Letzterer nicht durch uns von dem Verhältnis seiner Frau zu Friedhelm Obermann
   erfahren sollte, ist wohl selbstverständlich.
   Es wäre sicher auch gut, wenn Melanie
   beide getrennt sprechen könnte.
2. Achim fährt nach Fritzlar zum Bundes-
   wehrstandort und versucht so viel wie
   möglich über Achmed, den Flüchtling aus
   Afghanistan, sowie über Friedhelm Obermann zu erfahren. Erfahrungsgemäß ist
   man bei der Truppe nicht allzu gesprächig.

Wenn sie aber erfahren, dass ihr ehemaliger Stabsfeldwebel ermordet wurde, werden sie vielleicht etwas auskunftsfreundlicher.

3. Ich werde zur KTU gehen und in Erfahrung bringen, was uns Thermoskanne und Becher zu sagen haben. Dann werde ich versuchen, Klarheit zu erlangen, wie diese Dinge in den Zug zu Obermann kamen. Vor allem möchte ich erfahren wo das Strychnin hergekommen sein könnte und wie man es in den Kaffee hätte tun können. Wenn es keine Einwände gibt und unser Chef einverstanden ist, sollten wir unverzüglich an die Arbeit gehen. Die nächste Dienstbesprechung möchte ich für morgen 13:00 Uhr anberaumen."

Kriminalrat Haase hatte keine Einwände, meinte aber, dass es wenig sinnvoll sein dürfte, ohne Voranmeldung zur Truppe nach Fritzlar zu fahren. Er wolle versuchen, telefonisch einen Termin mit einem der zuständigen Offiziere zu vereinbaren. Dieser dürfte allerdings frühestens morgen Vormittag zustanden kommen. Achim Liebers solle also zunächst die notwendigen Protokollarbeiten erledigen, dann Feierabend machen, sich aber zur Verfügung halten.

Kommissarin Forstmann wollte aber gleich noch zu Frau Obermann fahren und danach die Dalmers aufsuchen. Wenn es dabei gravierende

neue Erkenntnisse gäbe, würden selbstverständlich alle hier Anwesenden sofort
informiert werden

Lutz Waski erklärte, dass er die Absicht habe,
umgehend zur KTU zu gehen. Danach wolle er
Kontakt mit Leuten vom RMV aufnehmen, um
mehr über den toten Triebwagenführer zu
erfahren. Vor allem aber wolle er die Sache mit
der Thermoskanne klären.

Kriminalrat Haase billigte die vorgesehenen
Schritte und wünschte allen viel Erfolg

Damit war die Besprechung beendet.

8.

Montag, 19:00 Uhr

Kriminalhauptkommissarin Melanie Forstmann hielt mit ihrem kleinen Hyundai in der
Leipziger Straße von Eppertshausen. Sie hatte
vorher versucht, Carola Obermann telefonisch
zu erreichen, allerdings ohne Erfolg.
Melanie stieg aus und ging zum Haus. Das
Türchen zum Vorgarten stand offen, neben der
Haustür war die Klingel. Sie betätigte diese
mehrmals und hörte auch, dass es drinnen läu-
tete. Sonst regte sich nichts. Es war offensichtlich niemand zuhause. „Na, dann nicht", dachte
die Kommissarin bei sich. „Da fahre ich eben
erst einmal zu den Dalmers." Sie stieg wieder
ein, wendete ihr Auto und machte sich auf den
Weg nach Altheim.

Das früher einmal selbständige Dörfchen Altheim liegt etwa 3 km südöstlich von Münster
und ist längst dort eingemeindet. Dorothea und
Felix Dalmer wohnten in einer Ecke, wo die
Straßen, besser Gassen, alle Vogelnamen tru-
gen. Im Drosselweg, Melanie sinnierte noch:
„Gut, dass es nicht Drosselgasse heißt, sonst
würde man an Rüdesheim denken," hielt sie vor
dem Haus mit der Nummer 17. Dies war ein
gepflegtes Doppelhaus mit einem gemein-
samen Vorgarten, in dem Rosen und auch schon

Dahlien in voller Blüte standen. Zwei Eingänge lagen dicht nebeneinander. Neben der linken Tür fand die Kommissarin das Namenschild *Dalmer* und eine Klingel. Sie betätigte diese und nach kurzer Zeit erschien in der Tür eine junge, gutaussehende und mit einem Jogginganzug salopp gekleidete Frau, die ihre Besucherin fragend ansah.

Melanie Forstmann wies sich aus und sagte: „Ich nehme an, Sie sind Frau Dalmer?" Nachdem diese nickte, fuhr sie fort: „Ich bin vom RKI Darmstadt, von der Mordkommission. Ich muss dringend mit Ihnen und Ihrem Mann sprechen, können wir bitte ins Haus gehen?"

„Ja, natürlich", kam die Antwort. „Wenn Sie gestatten, gehe ich voran. Aber wieso kommt die Mordkommission? Sie kommen doch wegen Friedel, also Herrn Obermann? Carola hat mich gestern Nachmittag angerufen und mir gesagt, dass Friedel gestorben sei, wahrscheinlich durch einen Herzinfarkt."

Während sie diese Worte sprach, hatte Frau Dalmer ihre Besucherin in ein geräumiges, recht modern eingerichtetes Wohnzimmer geführt und die beiden Frauen hatten sich an einem vor dem Fenster stehenden großen Tisch einander gegenüber niedergelassen.

Die Kommissarin antwortete: „Wir dachten zuerst auch an einen Herzinfarkt, aber die Obduktion hat ergeben, dass Herr Obermann vergiftet wurde. Wir ermitteln jetzt in alle Richtungen. Von Ihnen möchte ich gern wissen, in welcher Beziehung Sie zu dem Toten standen und was Sie mir sonst noch über ihn und sein Umfeld sagen können. Vor allem möchte ich aber auch mit Ihrem Mann sprechen. Wo ist er denn?"

„Felix ist nicht da", lautete die Antwort. „Er ist gestern früh, kurz vor acht, aus dem Haus gegangen, wie immer, wenn er den Tagesdienst hat, der um neun beginnt. Er war aber offensichtlich nicht zum Dienst, sonst hätte ja Friedel nicht den Zug gefahren. Ich habe aber Felix seitdem nicht mehr gesehen, er war auch letzte Nacht nicht hier und hat auch nicht angerufen. Auf seinem Handy meldet sich immer nur die Mailbox. Ich wollte schon zur Polizei gehen, um eine Vermisstenanzeige aufzugeben, dachte aber, dass man mich nach so kurzer Abwesenheit meines Mannes wieder wegschicken würde. Ich mache mir allerdings große Sorgen. Zur Beantwortung Ihrer anderen Fragen muss ich wohl etwas weiter ausholen. Darf ich Ihnen zuvor etwas anbieten, vielleicht ein Mineralwasser? Auch ich würde gern einen Schluck trinken."

Melanie stimmte zu.

Nachdem Frau Dalmer eine Flasche Wasser geholt und die beiden mitgebrachten Gläser gefüllt hatte, erfuhr die Kommissarin das Folgende:

Dorothea Dalmer, von allen nur Dorle genannt, arbeitet als PTA (Pharmazeutisch-technische Assistentin) in einer Darmstädter Apotheke. Sie ist 43 Jahre alt und seit 2005 mit dem ein Jahr älteren Felix Dalmer verheiratet. Er ist in Reinheim geboren, hat dort die Schule besucht. 1994 hat er die Schule mit der *Mittleren Reife* abgeschlossen und eine Ausbildung zum Metallfacharbeiter begonnen. In der Berufsschule hatte er Friedhelm Obermann kennengelernt. Die beiden wurden Freunde. Nach der Lehre haben beide im gleichen Betrieb in Eppertshausen gearbeitet. Felix hat dann 1999 seinen Zivildienst beim THW in Mainz absolviert. Danach hat er noch ein paar Monate in seinem alten Betrieb gearbeitet, hat aber im Sommer 2000 plötzlich gekündigt und ist nach Wuppertal gegangen.

Frau Dalmer hatte ihren Mann 1995 in einer Disco in Darmstadt kennengelernt und seitdem sind sie zusammen gegangen, wie es so schön heißt. Frau Obermann berichtete weiter: „Über seine Tätigkeit beim THW hat Felix nie viel erzählt. Lediglich von dem Einsatz bei einem S-Bahnunglück hat er etwas mehr berichtet. Dieses Ereignis, die Toten und Verletzten, die er da sehen musste, das alles hat ihn wohl ziemlich mitgenommen.

Kurz nach dem Ende seines Zivildienstes ist er von jetzt auf gleich von hier weg ins Ruhrgebiet. Warum ist mir bis heute ein Rätsel. Wir haben aber engen Kontakt gehalten und ich habe ihn oft in Wuppertal besucht. Da wir uns beide aber dort nicht wohlgefühlt haben, kam er zurück und wir haben geheiratet. Die Wohnung hier wurde frei, das Haus gehört meinen Eltern, die nebenan wohnen. Felix hat dann eine Ausbildung beim RMV gemacht und ist mit seiner Arbeit zufrieden, denke ich.

Friedel hatte er aus den Augen verloren, der war ja beim Bund. Erst als dieser 2015 auch zum RMV kam, ist die alte Freundschaft wieder aufgelebt. Die beiden und auch wir, ich meine Carola und mich, haben uns dann regelmäßig getroffen und Vieles gemeinsam unternommen. Ich kann noch gar nicht begreifen, dass Friedel tot sein soll und kann mir überhaupt nicht denken, wer ihn vergiftet haben könnte."

„Frau Dalmer", fragte die Kommissarin weiter, „würden Sie mir bitte etwas mehr über das Verhältnis von Ihnen und Ihrem Mann zu den Obermanns erzählen."

„Ja also, begann die Angesprochene, „unser Verhältnis war bis vor kurzem ausgezeichnet, ist jetzt aber ziemlich getrübt."

Auf den fragenden Blick der Polizistin erzählte sie weiter: „Felix und Friedel waren ja schon gut befreundet und haben zusammen auch

47

Kneipen besucht oder sind öfters zu den Heimspielen der *Eintracht* gegangen. Aber sehr bald sind wir auch zu viert ausgegangen und haben uns auch gegenseitig zuhause besucht. Mit Carola habe ich mich recht gut verstanden, obwohl sie mir manchmal ein bisschen verklemmt vorkam. Wir vier haben dann auch gemeinsame Urlaubsreisen unternommen. Ab 2017 haben wir immer gemeinsam Silvester gefeiert, mal bei uns, mal bei ihnen. Vergangenes Silvester kam es dann zu einer Situation, die die Lage grundlegend verändert hat. Es war schon weit nach zwölf, als die Idee aufkam, einmal *Bäumchen wechsel Dich* zu spielen, wenn Sie verstehen, was ich meine. Urheber waren wohl die Männer, ich war gleich einverstanden, Carola hat sich erst noch geziert. Aber schließlich haben Felix mit ihr und ich mit Friedel geschlafen. Na, geschlafen haben wir natürlich nicht. Mir hat es sehr gut gefallen und Friedel wohl auch. Aber Carola und wohl auch Felix waren wenig begeistert. Wir haben uns danach noch ein paar Mal getroffen, die beiden wollten allerdings von einer Wiederholung nichts wissen und Carola hat dann unsere Beziehungen auf Eis gelegt.

Ich fand aber Friedel toll und er mich wohl auch. So haben wir uns dann heimlich getroffen. Carola hat das wohl geahnt. Felix aber zum

Glück nicht, er ist nämlich ziemlich eifersüchtig."

„Danke für Ihre offenen Worte", sagte Melanie Forstmann. „Frau Dalmer, ich muss Sie aber noch zwei Dinge fragen: Erstens, Sie wissen ja was Strychnin ist? Haben Sie welches hier im Haus?

Zweitens, würden Sie ihrem Mann zutrauen, Friedhelm Obermann vergiftet zu haben, wenn er hinter ihr Verhältnis gekommen wäre?"

Empört antwortete Frau Dalmer: „Dass Felix etwas mit dem Tod von Friedel zu tun haben könnte, das können Sie sich aus dem Kopf schlagen. Felix kann keiner Fliege etwas zuleide tun. Er würde höchstens mich beschimpfen und sich vielleicht auch von mir trennen, aber er hätte sich nicht mal auf eine Schlägerei mit Friedel eingelassen. Ich bürge für ihn."

„Na, schön", entgegnete Melanie Forstmann, „ich werde mir Ihre Aussagen merken, aber was ist mit meiner ersten Frage? Befindet sich eventuell strychninhaltiges Rattengift im Haus?"

„Das könnte sein", lautete die Antwort. „Da müssten wir Papa fragen, er könnte so etwas im Keller haben,"

„Gut, das machen wir gleich", entschied die Kommissarin.

Die beiden Frauen gingen zum Nebenhaus. Dorothea hatte einen Schlüssel und öffnete die Haustür, nicht ohne vorher geklingelt zu haben. Ihr Vater kam ihr entgegen und wurde mit den Worten begrüßt: „Hallo, Papa. Ich komme mit einer Kriminalkommissarin, die den Tod von Friedel untersucht, der wurde nämlich vergiftet. Nun will sie wissen, ob wir Rattengift im Keller haben."

Ihr Vater schüttelte den Kopf, sah die Kommissarin an und sagte zu ihr: „Na, kommen Sie erst einmal herein. Ich bin entsetzt, dass Friedhelm, den ich natürlich kenne, also gekannt habe, vergiftet worden sein soll. Aber was um Himmelswillen sollen wir damit zu tun haben? Glauben Sie im Ernst, dass jemand von uns da beteiligt sein könnte?"

Melanie Forstmann antwortete: „Ich glaube überhaupt nichts, das ist nicht unser Metier. Aber wir müssen alle Möglichkeiten in Betracht ziehen, schon damit wir diejenigen ausschließen können, die nicht in Betracht kommen. Also meine Frage: Haben Sie Rattengift im Haus und können mir dies gegebenenfalls zeigen?"

Der alte Mann war noch immer höchst verwundert, führte aber die beiden Frauen in den Keller und zeigte auf einen in Augenhöhe angebrachten stabilen Stahlschrank. Der war verschlossen.

„Hier hebe ich verschiedene Chemikalien und auch Rattengift auf", sagte Frau Dalmers Vater. „Ich habe aber in der Eile den Schlüssel oben vergessen, warten Sie, ich hole ihn."

Nach kurzer Zeit war er wieder da, öffnete den Schrank und zeigte auf eine mittelgroße Blechbüchse mit den Worten: „Hier drin ist Rattengift, das ist mindestens fünfzehn Jahre alt. Ich habe es jahrelang nicht gebraucht. In der vergangenen Woche habe ich aber drei Köder entnommen und im Schuppen ausgelegt, weil ich dort das Viehzeug vermutet habe. Was das mit Friedels Tod zu tun haben soll, kann ich mir beim besten Willen nicht denken."

„Ich denke ja auch nicht, dass ein Zusammenhang besteht", entgegnete die Kommissarin. „Ich werde aber, wenn Sie gestatten, diese Blechdose mitnehmen, damit diese und ihr Inhalt von unseren Kriminaltechnikern näher untersucht werden kann." Mit diesen Worten packte sie die Dose vorsichtig in eine Plastiktüte, verabschiedete sich von Vater und Tochter und ging nach oben zu ihrem Auto. Frau Dalmer begleitete sie und fragte: „Was ist nun mit Felix? Muss ich eine Vermisstenanzeige aufgeben?"

Die Antwort lautete: „Das ist nicht nötig, wir kümmern uns darum. Aber haben Sie schon überlegt, wo Ihr Mann denn sein könnte? Bei seinen Eltern oder bei Freunden? Ach, und können Sie mir bitte ein möglichst aktuelles Bild ihres Mannes geben?"

„Na, da gehen wir am besten nochmal in unsere Wohnung", antwortete Frau Dalmer. Die beiden Frauen gingen wieder ins Haus und während sie ein Bild heraussuchte, sagte Frau Dalmer: „Ich habe schon viel nachgedacht. Die Eltern von Felix leben nicht mehr, Geschwister hat er keine. Außer Friedel kenne ich auch keine Freunde. Bevor er nach Wuppertal ging, war er recht eng mit Clemens Heinrich befreundet. Die beiden kannten sich von der Schule und waren ab 1999 beide als Zivis beim THW in Mainz. Friedel ging ja dann zum Bund, kam aber öfters übers Wochenende nach Hause. Wir sind damals auch ein paar Mal alle zusammen ausgegangen, aber Clemens mochte ich nicht besonders. So war ich nicht böse, dass nach unserer Heirat der Kontakt zu ihm eingeschlafen ist. Meines Wissens wohnt Clemens immer noch in Reinheim und arbeitet bei Narck in Darmstadt."

Die Kommissarin bedankte sich und sagte: „Sobald wir etwas von Ihrem Mann wissen, werden Sie informiert. Wenn er hier auftaucht, soll er sich bitte sofort bei uns melden." Sie wollte sich schon verabschieden, als ihr noch etwas einfiel: „Frau Dalmer, Herr Obermann hat kurz vor seinem Tod noch etwas aus einer

Thermoskanne getrunken. Fällt Ihnen dazu etwas ein?"

„Ja, ich glaube schon", erhielt sie zur Antwort: „Die Dreieichbahn hat im Bahnhof Dieburg einen Aufenthaltsraum für ihr Personal. Dort werden meines Wissens für die Fahrer Getränke bereitgestellt. An den Wochenenden gibt es mittags und abends eine Thermoskanne mit Kaffee. Das hat mir Felix, – oder vielleicht auch Friedel – mal erzählt."

„Vielen Dank, das könnte wichtig sein", sagte Melanie Forstmann. Dann verabschiedete sie sich endgültig, stieg in ihr Auto, griff zum Handy und rief Lutz Waski an.

9.

Kriminalhauptkommissar Lutz Waski war nach Hause gefahren, stellte seinen Opel-Insignia vor der Garageneinfahrt ab und ging ins Haus. Im Wohnzimmer fand er seinen Schwiegervater vor dem Fernseher sitzend. „Hallo Werner", begrüßte er ihn. „Steffi ist ja bei Heidrun, wo sich ein paar Freundinnen von der Singstunde treffen. Tobias schläft hoffentlich schon. Ist Lilo bei ihm?"

„Nein", lautete die Antwort. „Lilo ist bei der Nachbarin zu einem Schwätzchen, aber dein Sohn schläft tief und fest. Ich halte hier die Stellung und das Babyfon liegt ja hier auf dem Tisch. Wenn du Lust hast, können wir dann nach der Tageschau eine Partie Schach spielen, gestern hat das ja leider nicht mehr geklappt."

„Sehr gern", sagte Lutz. „Wir schauen uns aber erst noch gemeinsam die Nachrichten an und dann muss ich noch das Protokoll von meinem Besuch bei der KTU schreiben. Das dauert aber sicher nicht sehr lange."

Die beiden Männer setzten sich vor den Fernseher und informierten sich, was in Deutschland und der Welt passiert war. Die Corona-Krise war noch nicht ausgestanden und die Zahlen aus Afrika, den USA und Lateinamerika waren alles andere als erfreulich. Werner Brenner und sein Schwiegersohn waren sich einig, dass Deutschland bisher relativ glimpflich davongekommen war, wenngleich die wirtschaftlichen Folgen nicht zu unterschätzen seien.

Nach dem Wetterbericht ging Lutz nach oben, schaute kurz zu seinem schlafenden Kind und klappte dann an seinem Schreibtisch den Laptop auf.

Die Notiz über sein Gespräch mit Hauptkommissar Daniel Goebel, dem Leiter der KTU, war relativ kurz. Man hatte – wie schon vermutet – in der Thermoskanne noch Kaffee gefunden, etwa 0,25 Liter. Diesem war Weinbrand der Marke *Dujardin* zugesetzt worden, in dem Strychnin aufgelöst worden war. Im zugehörigen Becher wurden Reste dieses Gifttrankes nachgewiesen.

Kommissar Goebel hatte gemeint, dass man von ursprünglich einem halben Liter Kaffee, etwa 50 ml Weinbrand und 200 mg Strychnin ausgehen könne. Wenn also Friedhelm Obermann sich einen Becher aus der Kanne abgefüllt und diesen dann geleert habe, wäre die letale Dosis des Giftes mit Sicherheit erreicht worden. Auf der silberfarbenen Thermoskanne und dem zughörigen Becher haben sich nur die Fingerabdrücke des Verstorbenen befunden.

Dies sei durch einen Abgleich mit der Gerichtsmedizin gesichert. Sonst hätte man keinerlei weitere Spuren auf den Gefäßen finden können. Diese seien offensichtlich vorher gründlich abgewischt worden.

Kommissar Waski rief dann seinen Chef, Kriminalrat Torsten Hasse, an und informierte diesen über diese Ergebnisse. Außerdem teilte er mit, dass er für morgen früh 8:00 Uhr ein Treffen mit einem Verantwortlichen des RMV vereinbart habe. Dies soll im Bahnhof Dieburg stattfinden, von wo aus höchstwahrscheinlich die Thermoskanne mit dem Gift in den Zug gelangt war.

Nach dem Telefonat ging Lutz nach unten, nicht ohne nochmals nach dem schlafenden Tobias gesehen zu haben.

Im Wohnzimmer hatte sein Schwiegervater bereits die Schachfiguren aufgestellt.

Die beiden Männer setzten sich einander gegenüber. Bevor der erste Zug ausgeführt wurde, fragte aber Werner Bremer: „Lutz, ich bin doch ein bisschen neugierig, was darfst du mir denn zu dem aktuellen Fall sagen?"

Waski antwortete: „Viel wissen wir noch nicht. Klar ist, dass Friedhelm Obermann vergiftet wurde und zwar mit Strychnin. Das Gift befand sich in einer Thermoskanne mit Kaffee. Diesem war Weinbrand zugesetzt worden, in dem das

Gift aufgelöst war. Es handelt sich also um Mord. Zum Motiv und zum Täter beziehungsweise der Täterin, bei Giftmorden denkt man ja zuerst auch an Frauen, fehlen jegliche Spuren.

In der Ehe der Obermanns soll es gekriselt haben und der Tote hatte wohl auch ein Verhältnis mit der Frau seines Freundes und Arbeitskollegen, aber ob hier das Mordmotiv zu finden ist, möchte ich bezweifeln."

„An die Obermanns, also an Mutter und Sohn, kann ich mich dunkel erinnern", meinte Werner. Sie sind wohl alteingesessene Eppertshausener und der Junge dürfte etwa zehn Jahre älter sein als Steffi. Ende der achtziger Jahre war er jedenfalls bei den *Kerbburschen* dabei. Viel mehr weiß ich aber nicht, da müsstest du Steffi oder auch Lilo fragen."

Dann begannen die Männer ihr Spiel. Diesmal hatte Lutz die weißen Figuren und eröffnete mit e2-e4. Werner antwortete mit c7–c6, wählte also die Caro-Kann Verteidigung.

Es war gegen 21:00 Uhr, die Männer waren in ihr Spiel vertieft, als das Handy von Werner klingelte.

Es meldete sich seine Kollegin und berichtete ausführlich über ihr Gespräch mit Frau Dalmer sowie die Sache mit dem Rattengift. Dann sagte sie: „Das Verschwinden von Felix Dalmer gefällt mir überhaupt nicht. Sollten wir es hier mit dem Täter zu tun haben?"

„Das kann ich mir nur schwer vorstellen", antwortete Lutz, „aber natürlich spricht Vieles gegen ihn. Er hat ein Motiv und ist verschwunden und an das Gift könnte er auch gelangt sein. Melanie, wenn Sie jetzt ins Präsidium fahren, lösen Sie bitte die Fahndung nach Felix Dalmer aus. Sie haben sich sicher ein Foto des Gesuchten geben lassen. Dann muss die Dose mit dem Rattengift zur KTU, wir müssen möglichst schnell wissen, ob das Strychnin, mit dem Obermann vergiftet wurde, von da stammen könnte. Und die Fingerabdrücke auf der Dose dürften auch interessant sein. Bis morgen früh müssten doch die Ergebnisse der KTU vorliegen, dann müssen wir umgehend Vergleichsabdrücke besorgen. Mehr können wir wohl im Moment nicht tun. Ich habe morgen früh um acht einen Termin im Bahnhof Dieburg, spätesten um neun werde ich im Präsidium sein, da sollten wir uns zusammensetzen. Achim wird dann aber sicher unterwegs nach Fritzlar sein.

Den Chef rufe ich jetzt gleich noch an.

Wenn die Fahndung nach Dalmer läuft, sollte für Sie auch Feierabend sein. Ich wünsche eine gute, hoffentlich störungsfreie Nacht. Wenn man Dalmer aber inzwischen findet, wird das wohl nichts werden. Also tschüs bis morgen."

Lutz wählte die Nummer von Kriminalrat Haase und informierte diesen. Danach rief er noch bei Ingo Kreis an, den Mitarbeiter der Dreieichbahn, mit dem er am nächsten Morgen verabredet war. Er erreichte ihn zuhause und bat ihn, auch Unterlagen zu Felix Dalmer mitzubringen. Er erklärte, dass dieser verschwunden sei, konnte aber keinen Hinweis auf einen möglichen Aufenthaltsort erhalten. Schließlich legte er das Handy weg. Sein Schwiegervater sah ihn fragend an, erntete aber nur ein Kopfschütteln. Die beiden vertieften sich wieder in ihre Schachpartie und einigten sich nach 32 Zügen auf remis.

Es dauerte dann auch nicht mehr lange und Lilo Brenner kam nach Hause. Sie berichtete, dass noch zwei Nachbarinnen dazugekommen waren. Man hätte über dies und das geschwätzt, wobei Hauptthema war, dass sich der bisherige Bürgermeister nun offiziell zur Wiederwahl stellen würde. Die Frauen waren sich einig, dass ein Gegenkandidat, falls sich ein solcher überhaupt finden würde, keinerlei Chancen hätte.

Später kam dann Steffi von ihrem Treffen zurück. Man unterhielt sich noch ein Weilchen, wobei auch nochmals darüber gesprochen wurde, dass Tobias ab September in die Kita gehen wird. Die beiden Frauen waren sich einig geworden.

10.

Kriminalhauptkommissar Lutz Waski hatte sein Auto vor dem recht ansehnlichen Bahnhofsgebäude in Dieburg abgestellt. Der Haupteingang war zu, links davon befand sich der Eingang zu einer Gaststätte, die jetzt, am frühen Morgen noch geschlossen war. Lutz Waski ging um das Gebäude herum und traf mit einem Eisenbahner zusammen.

„Hallo, Herr Kommissar", wurde er von Ingo Kreis begrüßt. „Wir haben uns ja schon vorgestern am Zug bei Eppertshausen kennengelernt. Ich habe jetzt Unterlagen zu Friedhelm Obermann und auch die von Felix Dalmer mitgebracht. Bitte folgen Sie mir in unseren Aufenthaltsraum."

Die beiden Männer gingen durch eine relativ schmale Tür und befanden sich in einem etwa 15 m^2 großen, mit zwei Tischen und einigen Stühlen möblierten Raum. Neben der Tür war ein breites Fenster. An einer Seitenfront stand eine Kommode, auf der sich ein paar Flaschen Wasser und einige Gläser befanden. Gegenüber gab es eine Tür zu einer Toilette. „Das ist unser Aufenthaltsraum," sagte Ingo Kreis. „Früher war hier das Dienstzimmer des Fahrdienstleiters. Den gibt es aber schon lange nicht mehr. Der Betrieb und die Abfertigung der Züge werden zentral von Darmstadt aus geleitet. Die Kollegen der Dreieichbahn halten sich hier auf, bevor sie nach Buchschlag zurückfahren, oder auch vor Dienstantritt.

Die Regionalzüge Darmstadt – Aschaffenburg haben hier ja nur einen kurzen Aufenthalt. So kommen deren Lokführer oder Zugbegleiter nur selten hier herein, eigentlich nur, wenn sie ein dringendes Bedürfnis haben oder etwas trinken wollen."

Die beiden Männer nahmen an einem der Tische einander gegenüber Platz. Ingo Kreis holte Papiere aus seiner Aktentasche hervor und sagte: „Hier sind die Personalunterlagen von Obermann und Dalmer und falls Sie Fragen haben, will ich diese gern beantworten."

Kommissar Waski bedankte sich und vertiefte sich zunächst in die Akten. Aus diesen und dem sich anschließenden Gespräch ergab sich folgendes Bild:

Friedhelm Obermann wurde am 15.6. 1977 im Eppertshausen geboren. Er besuchte ab 1984 die Grund- und Mittelschule, die er 1994 nach dem zehnten Schuljahr mit Erfolg abschloss.

Von 1994 bis 1997 absolvierte er bei einer in Eppertshausen ansässigen Firma eine Ausbildung zur Fachkraft für Metalltechnik und besuchte die Berufsschule in Dieburg. In seinem Ausbildungsbetrieb arbeitete er bis 1999 und ging dann zur Bundeswehr, um seinen Grundwehdienst abzuleisten. Er blieb dann beim Kampfhubschrauberregiment 36 in Fritzlar. Hier brachte er es bis zum Oberstabsfeldwebel. Von 2011 bis 2014 war er mit einigen Unterbrechungen in Afghanistan eingesetzt und wurde dort Ende 2014 verwundet. Er kam in das Bundeswehrlazarett nach Koblenz und dann nach seiner Entlassung und Ausmusterung bewarb er sich beim RMV. Hier absolvierte er die Ausbildung zum Triebfahrzeugführer mit sehr gutem Erfolg. Seine Verwundung am linken Bein hat ihn dabei zum Glück nicht behindert.

Ingo Kreis sagte dann, dass man Obermann vorzugsweise auf der Dreieichbahn eingesetzt habe und mit ihm sehr zufrieden gewesen sei. Auch wenn es galt, einmal außerplanmäßige Dienste zu übernehmen, hätte man stets auf ihn zählen können. Bei den Kolleginnen und Kollegen sei er beliebt gewesen. Einen Grund, weshalb ihn jemand vergiftet hat, könne er beim besten Willen nicht erkennen.

Felix Dalmer wurde am 23. 4. 1976 in Reinheim geboren und besuchte dort von 1983 bis 1993 Grund- und Realschule, wobei er die 7. Klasse wiederholen musste. Mit seinem Realschulabschluss begann auch er eine Ausbildung zur Fachkraft für Metalltechnik. Er war an der gleichen Berufsschule wie Obermann.

Nach dem Abschluss der Lehre verließ er seinen Dieburger Ausbildungsbetrieb und arbeitete mit seinem Freund Obermann im gleichen Betrieb in Eppertshausen.

1999 leistete er seinen Zivildienst beim THW in Mainz ab. Darüber gibt es in seinen Unterlagen ein gutes Zeugnis.

Im August 2000 kündigte er plötzlich in Eppertshausen. Ein Grund dafür findet sich im Zeugnis seiner Firma nicht, hier ist von einem großen Bedauern die Rede. Im Lebenslauf steht nur: *Aus persönlichen Gründen.*

2005 bewarb er sich dann beim RMV und gab dabei an, dass er sich schon immer für die Eisenbahn interessiert habe. Auch seine in diesem Jahr erfolgte Heirat habe da wohl eine Rolle gespielt. Er wurde angenommen und zum Triebfahrzeugführer ausgebildet.

Ingo Kreis berichtete, dass man den Kollegen Dalmer zunächst auf S-Bahnen im Raum Frankfurt eingesetzt habe, zuletzt aber auf seinem Wunsch vorzugsweise auf der Dreieichbahn. Man sei sehr zufrieden mit ihm.

Kommissar Waski interessierte sich für den Dienstplan des Verstorbenen, vor allem wollte er wissen, wie dessen Dienst am vergangenen Sonntag eingeteilt war.

Ingo Kreis antwortete: „Eigentlich sollte Obermann am Sonntag und auch gestern frei haben. Nach einigen Sonntags- bzw. Feiertagsdiensten gibt es immer mal ein langes Wochenende. Er hat dann aber kurzfristig mit Felix Dalmer getauscht. Die Zentrale wurde davon am Sonnabend um 21:45 Uhr informiert und hatte keine Einwände. Solche Tauschaktionen kommen immer mal wieder vor und werden im allgemeinen, wenn sie den Betrieb nicht beeinflussen, akzeptiert.

Ich habe von dem Tausch erst erfahren, als ich am Sonntag zu dem liegengebliebenen Zug beordert wurde. Nun zu den Planzeiten:

Dienstbeginn war 9:00 Uhr in Dieburg.

Ich nehme an, dass Obermann 8:41 Uhr von Eppertshausen nach Dieburg gefahren ist, dann wäre er 8:47 Uhr dort gewesen.

Sein erster Zug ging dort 9:13 Uhr ab und war 9:49 Uhr in Buchschlag. Von dort fuhr er 10:12 Uhr zurück und kam 10:47 Uhr wieder in Dieburg an.

Der zweite Umlauf ging von 11:13 Uhr bis 12:47 Uhr. Das Ganze verlief, wie unsere Unterlagen zeigten, planmäßig. Der dritte Umlauf, hätte von 13:13 Uhr bis 14:47 Uhr gehen sollen, wurde aber um 13:18 Uhr durch den Zwischenfall vor Eppertshausen unterbrochen. Nach dem vierten Umlauf von 15:13 Uhr bis 16:47 Uhr hätte Obermann Dienstschluss gehabt."

Lutz Waski bedankte sich, wollte aber noch wissen, was es mit der Thermoskanne auf sich gehabt hätte.

Er erfuhr, dass es eine Vereinbarung mit der im Bahnhof ansässigen Gaststätte gibt, wonach von dieser an Sonn- und Feiertagen um 13 und 21 Uhr jeweils eine Thermoskanne mit frischem Kaffee in dem Aufenthaltsraum bereitgestellt wird.

Auf Nachfrage erklärte Ingo Kreis, dass dieser Raum meist offen stünde bzw. mit dem von allen Eisenbahnern mitgeführten Vierkantschlüssel leicht zu öffnen sei.

Kommissar Lutz Waski bedankte sich und wollte noch mit dem Personal der Gaststätte sprechen, vor allem mit der Kollegin bzw. dem Kollegen, die den Mittagskaffe am vergangenen Sonntag geliefert hatten. Dies war aber nicht möglich. Die Gaststätte öffnet werktags erst 17:00 Uhr und vor 14:00 Uhr sei, wie der Eisenbahner meinte, keiner zu erreichen. Lutz ging noch zur Eingangstür des Lokals und fand neben der Tür die Angabe der Öffnungszeiten, außerdem noch eine Telefonnummer. Er rief an, es meldete sich aber nur ein Anrufbeantworter.

„Na, dann müssen wir das eben von der Dienststelle aus klären", sagte er und verabschiedete sich von Ingo Kreis, um ins Präsidium zu fahren.

11.

Dienstag, 9:15 Uhr

Kriminalrat Torsten Haase, der Leiter des Kommissariats K 10, das für die Aufklärung von Gewaltverbrechen, Raubstraftaten, Waffendelikten sowie Sexualverbrechen/Kinderpornographie zuständig ist und zu dem auch die Brandursachenermittlung und die Vermisstenstelle gehören, hatte die Leiter der einzelnen Bereiche zu sich gebeten. Dies waren sechs Personen, vier Männer und zwei Frauen, alle im Rang von Hauptkommissaren.

Der Kriminalrat begann: „Liebe Kolleginnen, liebe Kollegen, wir haben einen aktuellen Mordfall zu klären und zwar einen Giftmord. Kommissar Waski wird uns gleich mit den Einzelheiten vertraut machen. Ich brauche wohl nicht zu betonen, dass die Aufklärung dieses Verbrechens höchste Priorität hat. Also Lutz, Sie haben das Wort."

Dieser berichtete von dem Vorkommnis am Sonntag bei der Dreieichbahn, also vom Zugstillstand durch den Tod des Triebwagenführers und teilte mit, dass gestern eine Vergiftung durch Strychnin eindeutig nachgewiesen wurde. Weiter schilderte er, was bisher unternommen wurde und ging dabei besonders ein auf die Ergebnisse der Gespräche mit Frau

Obermann, der Ehefrau des Toten, sowie mit Frau Dalmer. Er meinte, dass im Beziehungsgeflecht der Ehepaare Obermann/Dalmer ein Tatmotiv liegen könne. Das Alibi von Carola Obermann sei durch die gestern am späten Abend erfolgte Befragung ihrer Freundin durch Kommissarin Forstmann bestätigt worden. Anders sähe es mit Felix Dalmer aus, nach dem seit gestern Abend gefahndet würde, bisher ohne Erfolg. Er erwähnte dann, dass auch eine Spur verfolgt würde, die zu einem Flüchtling aus Afghanistan führe, weshalb Kommissar Liebers derzeit nach Fritzlar unterwegs sei.

Weiter führte er aus: „Mein heutiges Gespräch mit Ingo Kreis, einem leitenden Mitarbeiter beim RMV, hat Informationen zu Obermann und Dalmer erbracht, vor allem aber Aufschluss zur Sache mit der Thermoskanne. Im Prinzip hätte jeder, der sich mit den Gepflogenheiten auskannte, das Gift in den Kaffee tun können. Die Leute von der Gaststätte habe ich noch nicht erreichen können. Kollegin Forstmann ist aber in dieser Sache unterwegs. Dabei wird sie auch Fingerabdrücke vom Schwiegervater Dalmers mitbringen. Die KTU hat uns vorhin mitgeteilt, dass auf der Dose mit dem Rattengift Fingerabdrücke von nur einer Person sichergestellt werden konnten. Die Untersuchung zu dem Gift läuft noch.

Nach Lage der Dinge ist Felix Dalmer unser Hauptverdächtiger. Er hatte ein Motiv und er hatte die Gelegenheit. Vor allem aber: Er ist seit Sonntag verschwunden! Wir sollten einen Haftbefehl beantragen und die Fahndung intensivieren. Dazu sollten wir das Bewegungsprofil seines Handys erstellen, verstärkt nach seinem Auto suchen, einen vier Jahre alten olivgrünen VW-Golf mit Dieburger Kennzeichen. Außerdem sollten wir eine Durchsuchung seines Hauses und seiner Arbeitsstelle vornehmen, Einsicht in seine Konten nehmen und so weiter. Ich denke, dass wir die dazu notwendigen Genehmigungen problemlos und schnell erhalten werden. Dies alles hat jetzt Vorrang, aber andere Spuren, besonders die Sache mit dem Mann aus Afghanistan sowie das Verhältnis von Obermann zu ehemaligen Kameraden werden wir nicht außer Acht lassen dürfen."

Kriminalrat Haase bedankte sich bei Lutz Waski und zeigte sich mit dem weiteren Vorgehen einverstanden. Er sicherte zu, sich umgehend um die erforderlichen richterlichen Genehmigungen zu kümmern und forderte die Bereichsleiter auf, gegebenenfalls Mitarbeiter zur Verfügung zu stellen, wenn Kommissar Waski darum bitten würde.

Damit war die Besprechung beendet.

12.

Dienstag, 11:30 Uhr

Hauptkommissar Lutz Waski saß in seinem Dienstzimmer und war dabei, die bisherigen Erkenntnisse zum Mordfall Obermann zu ordnen und im PC zu speichern. Da kam Kommissar Liebers von seiner Fahrt nach Fritzlar zurück und wollte gleich mit seinem Bericht beginnen.

„Achim, einen Moment noch," wurde er von seinem Chef gebremst. „Melanie hat eben angerufen, sie wird gleich hier sein, dann kann sie Ihren Bericht auch gleich hören und wir können dann das weitere Vorgehen gemeinsam besprechen. Holen Sie sich erst einmal einen Kaffee und bringen mir bitte auch einen mit, schwarz ohne Zucker."

Achim Liebers ging los und kam nach kurzer Zeit zurück, in jeder Hand einen Becher mit Kaffee. Im Gefolge erschien Kommissarin Forstmann, auch einen Kaffeebecher in der Hand. Alle drei setzten sich an den Beratungstisch und Achim Liebers begann mit seinem Bericht:

„Ich war heute früh pünktlich 8:30 Uhr vor dem Tor der Georg-Friedrich-Kaserne in Fritzlar und habe gesagt, dass ich einen Termin bei Major Schneider hätte. Der Chef hatte mich

69

gestern noch angerufen und mir gesagt, dass dies vereinbart wäre. Die Wache wusste Bescheid und ein Gefreiter hat mich zum Hauptgebäude begleitet, wo mich in einem recht karg eingerichteten Zimmer eine junge Soldatin erwartete. Sie stellte sich als Adjutantin des Kompanieführers vor, bot mir einen Kaffee an, den ich annahm, und bat mich, einen Moment zu warten. Nach kurzer Zeit kam ein Offizier, wollte einen Blick auf meinen Dienstausweis werfen und stellte sich als Major Schneider vor. Vor mir stand ein etwa 1,80 m großer, schlanker, dunkelblonder Mann in Uniform, dem man ansah, dass er das Befehlen gewohnt war. Wir setzten uns und dann wollte er wissen, was mit Friedhelm Obermann geschehen war. Als ich berichtete, dass dieser vergiftet worden war und dass wir in diesem Zusammenhang mehr über ihn sowie seine eventuellen Verbindungen zu ehemaligen Kameraden und vor allem über einen Afghanen namens Achmed wissen wollten, schüttelte er zuerst zweifelnd den Kopf und meinte, er könne sich nicht vorstellen, dass jemand Obermann nach dem Leben getrachtet habe. Mit der Truppe hier könne das überhaupt nichts zu tun haben. Major Schneider gab aber dann bereitwillig Auskunft und hat alle meine Fragen beantwortet."

Der Bericht von Kommissar Liebers ergab schließlich folgendes Bild:

Friedhelm Obermann kam 1999 zum Kampfhubschrauberregiment 36, leistete dort seinen Grundwehrdienst ab und blieb danach bei der Truppe. Schneider, damals noch Oberleutnant war fast von Anfang an einer seiner Vorgesetzten. Mit Obermann sei man sehr zufrieden gewesen, was auch durch seine zügigen Beförderungen bis zum Oberstabsfeldwebel zum Ausdruck gekommen sei. Major Schneider war ab 2012 auch mit in Kundus und befehligte die Einheit, bei der Obermann als *Spies* für die Versorgung zuständig war. Dabei waren ihm auch Zivilangestellte aus der afghanischen Bevölkerung zugeteilt worden. Achmed Krygem war einer von ihnen.

Im Oktober 2014 ist der Jeep, mit dem Obermann und ein Fahrer unterwegs waren, aus einem Hinterhalt beschossen worden. Der Fahrer wurde schwer im Brustbereich, Obermann leicht am Bein getroffen. Nach der Erstversorgung wurden beide ins Bundeswehrkrankenhaus nach Koblenz geflogen. Nach ihrer Genesung wurden sie ausgemustert, aber natürlich weiter psychologisch betreut. Obermann habe dann bei der Bahn angefangen und manchmal in Fritzlar bei der Truppe vorbeigeschaut. Schneider habe ihn vor etwa zwei Monaten zuletzt gesehen.

Mit Achmed Krygem habe es folgende Bewandtnis: Dieser sei in Afghanistan unter Obermann praktisch der Vorarbeiter seiner Landsleute gewesen und habe diese Stellung auch derzeit noch innegehabt. Nun gibt es regelmäßige Versorgungsflüge zwischen Fritzlar und Kundus, in der Regel einmal wöchentlich. An einem Tag fliege man hin, am nächsten zurück. Beim Rückflug vor vierzehn Tagen hatte sich Achmed Krygem an Bord geschmuggelt, wahrscheinlich als er beim Beladen half. In Fritzlar wurde er natürlich entdeckt, festgesetzt und sollte mit der in der nächsten Woche fliegenden Maschine zurückgebracht werden. Die Vorgesetzten wurden informiert und waren, nachdem die Flugzeugbesatzung streng verwarnt worden war, schließlich mit dieser unbürokratischen Lösung einverstanden.

Dann war aber Achmed plötzlich verschwunden und kam erst nach zwei Tagen zurück. Auf Nachfrage erklärte er, dass er seinen *Gut Freund Obermen* gesucht und gefunden hätte. Der habe ihn aber nicht behalten wollen. Major Schneider hat versichert, dass Achmed mit der Maschine Anfang voriger Woche nach Kundus zurückgeflogen ist.

Lutz Waski bedankte sich bei seinem Kollegen Liebers und meinte: „Das war ja eine interessante Geschichte, aber Achmed können wir ja nun von der Liste unserer Verdächtigen streichen. Ich bin gespannt, was Sie, Melanie, zu der Thermoskannengeschichte in Erfahrung bringen konnten."

„Das Ganze ist recht simpel", begann Kommissarin Forstmann ihren Bericht. „Ich habe mit der Pächterin der Bahnhofsgaststätte gesprochen und mich auch eingehend mit ihrer Angestellten Kristina unterhalten. Das ist eine fünfundzwanzigjährige Kroatin. Sie war am vergangenen Sonntag für das Befüllen der Thermoskannen zuständig. Mit der Bahn sei vereinbart, dass an den Wochenenden, also sonnabends und sonntags, sowie an Feiertagen jeweils um eins und um neun für die Lokführer der Dreieichbahn Kaffee gemacht werden solle. Dazu seien insgesamt sechs solcher silberfarbenen Thermoskannen, wie wir eine bei Obermann gefunden haben, im Umlauf. Die regelmäßig eingesetzten Fahrer hätten jeder eine solche Kanne. Diese sind durch farbige Punkte auf dem Boden zu unterscheiden. Dalmers Kanne hätte einen blauen, die von Obermann einen braunen Punkt. Außerdem gäbe es noch eine größere, braune Thermoskanne, die zusammen mit ein paar Pappbechern eigentlich immer gefüllt bereitstehen würde.

Ich habe mir dann eingehend das Geschehen vom Mittag des vergangenen Sonntags schildern lassen. Kristina habe mitbekommen, dass

73

Obermann den Mittagszug fuhr. Also habe sie dessen Kanne genommen, den Kaffeeautomat in Gang gesetzt und daraus die Thermoskanne unmittelbar befüllt. Ziemlich genau halb eins hätte sie diese Kanne in den Raum der Eisenbahner auf den Tisch gestellt.

Das Verhalten von Kristina veranlasste mich zur Frage, ob das alles gewesen sei. Da kam sie mit der Sprache heraus. Mit Dalmer, Obermann und noch zwei Kollegen sei ausgemacht gewesen, dass deren Kaffee immer ein doppelter Weinbrand zugesetzt werden solle, am Sonntag hätte sie dazu *Chantré* genommen. Ich bat sie dann nachzusehen, ob alle Thermoskannen vorhanden seien. Es waren nur vier vorhanden, die von Obermann und die von Dalmer fehlten. Kristina wunderte sich, konnte mir aber nicht sagen, ob am Sonntagmittag alle sechs Kannen vorhanden waren. Sie war sich aber sehr sicher, dass sie am Mittag die Kanne mit dem braunen Punkt und am Abend die mit dem gelben Punkt genommen hätte.

„Mehr war nicht in Erfahrung zu bringen," beendete Melanie ihren Bericht.

Lutz Waski bedankte sich und sagte: „Einen Moment, ich rufe mal schnell bei der KTU an", nahm den Hörer und ließ sich mit Kommissar Goebel verbinden und fragte, welche Farbe der Punkt unter der Thermoskanne aus dem Zug habe und ob es sich bei dem zugesetzten

Weinbrand eventuell auch um *Chantré* handeln könne.

Goebel rief wenig später zurück.

Er sagte, dass die untersuchte Thermoskanne einen blauen Punkt habe und er auch sicher sei, dass es sich bei dem darin gefundenen Weinbrandresten um *Dujardin* handele. Das wolle man aber nochmals gründlich im Hinblick auf einen Vergleich der beiden Sorten prüfen. Außerdem konnte er mitteilen, dass das in der Kanne und in Obermanns Magen vorgefundene Strychnin mit ziemlicher Sicherheit nicht von dem Rattengift stammt, welches Kommissarin Forstmann von Dalmers Schwiegervater mitgebracht hatte.

Waski wandte sich wieder an seine beiden Mitstreiter: „Bei der KTU befindet sich also die Kanne von Dalmer und nicht diejenige, die von der Gaststätte um 12:30 Uhr in den Aufenthaltsraum gestellt wurde. Ich nehme an, der Täter hat die Thermoskannen vertauscht, damit er ausreichend Zeit hatte, die für Obermann gedachte mit dem Gift zu präparieren. Was mich stört, dass das Gift in Dalmers Kanne war. Wenn er der Täter war, hätte er doch nicht seine eigene Kanne genommen.“

„Vielleicht doch,“ meinte Melanie. „Obermann wird nicht darauf geachtet haben, welche Kanne für ihn bereitstand und selbst wenn, hätte er nichts dabei gefunden, dass es Dalmers Kanne war, er hatte ja dessen Dienst übernommen. Dieser hätte aber damit rechnen müssen, dass das Fehlen von Obermanns Kanne aufgefallen wäre. Das Fehlen seiner eignen hätte er leichter erklären können."

Lutz meinte: „Wenn wir Dalmer haben, wird sich das ja klären lassen. Ich werde jetzt erst einmal den Chef unterrichten."

Damit verließ er den Raum, ging in das Vorzimmer von Kriminalrat Haase und bat dessen Sekretärin, Frau Schreiber, ihn beim Chef anzumelden.

Die Tür von Torsten Haase stand einen spaltbreit offen und dieser rief: „Hallo Lutz, kommen Sie herein. Was gibt es Neues?"

Waski erstattete Bericht und erkundigte sich dann, ob der Haftbefehl für Dalmer und der Durchsuchungsbeschluss inzwischen eingetroffen seien.

„Gerade eben", erhielt er zur Antwort. „Ich habe nochmals Druck auf die Fahndung nach Dalmer und seinem PKW gemacht. Das Handy ist nicht zu orten, die Erstellung eines Bewegungsprofils läuft, die Ergebnisse werden aber wohl noch etwas auf sich warten lassen. Für die Hausdurchsuchung sollten sie sich noch ein paar Leute mitnehmen. Ich wünsche viel Erfolg."

„Danke, wir machen uns gleich auf den Weg", sagte Waski, „Ich will mit drei vier Leuten nach Altheim, Melanie soll mit Achim zum RMV, um den Spind von Dalmer in Augenschein zu nehmen und eventuell noch ein paar Leute zu befragen."

Damit verabschiedete er sich.

13.

Vor dem Haus Drosselweg 17 in Altheim hielten drei Autos, ein Streifenwagen, ein kleiner Lieferwagen und der Opel Insignia von Kommissar Waski. Den Streifenwagen verließen zwei Beamte in Uniform, dem Lieferwagen entstiegen auch zwei Polizisten, aber in Zivil, und aus dem Opel stieg Lutz Waski zusammen mit seiner jungen Kollegin, der Kommissaranwärterin Gisela Bernd, die frisch von der Schule kam und erst seit vier Wochen beim K 10 war.

Während die beiden mit den übrigen Beamten im Gefolge zur Haustür schritten, sagte Waski: „Gisela, wenn wir jetzt die Wohnung ein bisschen auf den Kopf stellen, unterhalten Sie sich bitte mit Frau Dalmer. Das, was sich da zwischen den Ehepaaren Dalmer und Obermann abgespielt hat, brauchen Sie nicht weiter zu vertiefen, aber wir sollten versuchen, etwas mehr über die Zeit, als Frau Dalmer ihren späteren Mann kennengelernt hat, in Erfahrung zu bringen. Versuchen Sie auch etwas über die Gründe für den plötzlichen Orts- und Arbeitsplatzwechsel des Felix Dalmer im Jahr 2000 herauszufinden."

Inzwischen war man auch schon an der Tür. Der Kommissar wollte gerade die Klingel betätigen, als Frau Dalmer öffnete.

Die Polizisten hatten ihr Kommen angekündigt und Frau Dalmer war zuhause geblieben, um sie zu erwarten.

„Gibt es etwas Neues von Felix?" wollte sie als Erstes wissen.

„Leider nein", antwortete Lutz Waski. „Aber ihr Mann wird von uns intensiv gesucht, jetzt sogar mit einem Haftbefehl."

„Um Himmels willen", schlug die Frau die Hände über dem Kopf zusammen. „Felix kann doch keiner Fliege etwas zuleide tun, was soll er denn gemacht haben?"

Sie erhielt zur Antwort: „Im Mordfall Obermann ist ihr Mann derzeitig unser Hauptverdächtiger. Er hatte ein Motiv und auch das erforderliche Insiderwissen, vor allem aber ist er verschwunden. Wir sind deshalb mit einem Durchsuchungsbeschluss gekommen, hier ist er." Damit gab der Kommissar seiner Gesprächspartnerin das entsprechende Papier zu lesen und fuhr dann fort: „Wenn Sie meinen Kollegen bitte das Arbeitszimmer ihres Mannes zeigen würden, ich nehme an, ein solches existiert?" Frau Dalmer nickte und bat die beiden Beamten in Zivil, ihr in den ersten Stock zu folgen.

Nach wenigen Minuten kam sie zurück. Waski richtete erneut das Wort an sie: „Frau Dalmer, wenn Sie eine Ahnung oder auch nur eine Vermutung haben, wo Ihr Mann sein könnte, dann lassen Sie mich das wissen, denken Sie auch an Freunde von früher, an Lauben in Schrebergärten, Wochenendhäuschen und so weiter. Es ist wichtig, dass wir Ihren Mann schnell finden – auch in seinem eigenen Interesse."

Der Kommissar erntete nur ein Kopfschütteln und erhielt zur Antwort: „Seit Felix am Sonntagabend nicht nach Hause gekommen ist, zermartere ich mir den Kopf. Ich habe auch schon mit meinen Eltern diskutiert, wir sind alle völlig ratlos."

Waski nahm dies zur Kenntnis und sagte dann: „Ich möchte mich gern noch ein wenig im Haus umsehen, die beiden Streifenpolizisten werfen noch einen Blick in die Garage, Dann möchte ich noch ein paar Worte mit Ihrem Vater wechseln – ach, da kommt er ja gerade."

Dalmers Schwiegervater sprach den Kommissar nicht gerade freundlich an: „Was macht ihr Polizisten denn die ganze Zeit? Haben Sie Felix noch immer nicht gefunden? Sicher ist ihm was passiert, sonst hätte er sich bestimmt gemeldet, Und was soll der ganze Aufwand hier bei meiner Tochter?"

Kommissar Waski antwortete ruhig und wiederholte fast wörtlich, was er Dorothea Dalmer gesagt hatte, nämlich, dass intensiv mit Haftbefehl nach seinem Schwiegersohn gesucht würde, weil dieser Hauptverdächtiger im Mordfall Obermann sei. Auch eine Hausdurchsuchung sei in diesem Fall unumgänglich.

Er erhielt zur Antwort: „Felix ist garantiert unschuldig, dafür lege ich meine Hand ins Feuer."

„Na, das wird sich zeigen", erwiderte Waski. „Es hat sich zwar herausgestellt, dass Ihr Rattengift mit der Sache nichts zu tun hat, inwieweit dies Felix entlastet, wird noch zu klären sein. Ihre Dose mit dem Gift erhalten Sie gleich zurück, bitte gehen Sie vorsichtig damit um."

Er übergab die Blechdose, verabschiedete sich und ging ins Haus, um sich dort in Flur und Wohnstube umzusehen.

Die Beamten hatten die Durchsuchung des Arbeitszimmers inzwischen beendet, ohne etwas Wichtiges gefunden zu haben. Von Interesse war lediglich ein Laptop. Da Frau Dalmer dass entsprechende Passwort nicht sagen konnte oder wollte, wurden der PC und der zugehörige Drucker vorläufig beschlagnahmt.

Gisela Bernd, die junge Polizistin, hatte sich in der Zwischenzeit intensiv mit Frau Dalmer unterhalten. Die Inspektion der Garage hatte auch nichts ergeben. So verabschiedeten sich die Polizisten, wobei Waski Frau Dalmer versprach, dass man sie selbstverständlich sofort verständigen würde, wenn es Neues von Felix Dalmer gäbe.

14.

Dienstag, 16:00 Uhr

Im Kommissariat K 10 der RKI Darmstadt saßen Lutz Waski und Melanie Forstmann zusammen mit ihren Mitstreitern Gisela Bernd und Achim Liebers an dem kleinen Beratungstisch im Arbeitszimmer. Man wollte die bisherigen Erkenntnisse im Mordfall Obermann zusammenfassen und das weitere Vorgehen besprechen.

„Es ist zum Verzweifeln", stellte Lutz Waski fest. „Wir kommen nicht weiter und von Felix Dalmer fehlt jede Spur. Die Sache mit dem Afghanen Achmed ist für uns ja nun bedeutungslos geworden Das Mordmotiv Eifersucht halte ich aber auch für etwas dünn, zumal alle Informationen über Dalmer diesen zu entlasten scheinen. Aber was hilft es, etwas anderes sehe ich im Moment nicht. Also, wir brauchen die Aussagen von Dalmer, vor allem aber natürlich ihn selbst. Sein Handy lässt sich nicht orten und ob dessen Bewegungsprofil etwas bringt, bleibt abzuwarten. Die Hausdurchsuchung hat keine Hinweise zum Verbleib des Gesuchten ergeben, Laptop und Drucker sind bei der KTU, aber davon verspreche ich mir auch nicht viel. Melanie, was ist denn bei Ihrem Besuch der Arbeitsstelle herausgekommen? Und Gisela, hat Ihre Unterhaltung mit Frau Dalmer etwas ergeben, was wir noch nicht wissen?"

Hauptkommissarin Forstmann konnte keine brauchbaren Fahndungsansätze liefern. Der Blick in den Spind von Dalmer hatte genau so wenig gebracht wie die Gespräche mit seinen Kollegen von der Einsatzleitung des MRV. Alle schilderten Felix Dalmer als zuverlässigen, hilfsbereiten Kollegen, der allerdings etwas verschlossen sei, besonders in der letzten Zeit.

Gisela Bernd berichtete dann von ihrer Unterhaltung mit Frau Dalmer. Diese sei recht aufgeschlossen gewesen und habe freimütig aus ihrer Jugendzeit erzählt. „Ich werde eine ausführliche Aktennotiz anlegen", fuhr die junge Polizistin fort. „Folgendes halte ich für interessant: Frau Dalmer hat ihren späteren Mann 1995 in einer Darmstädter Disco kennengelernt, sie war gerade sechzehn und noch in der Ausbildung zur PTA. Felix war mit der Lehre fertig und hat in einem Metallbaubetrieb in Eppertshausen gearbeitet. Friedhelm Obermann war im gleichen Betrieb beschäftigt. Dorle, wie Dorothea Dalmer allgemein genannt wurde, sei in Felix sehr verliebt gewesen und das würde bis heute anhalten. Am 1. August 1999 habe dann Felix seine 11 Monate Zivildienst angetreten. Er sei beim THW in Mainz gewesen, habe aber reichlich Freizeit und Urlaub gehabt und man hätte eine glückliche Zeit miteinander erlebt. Ende Juni war der Dienst beim THW vorbei und man hatte schon Pläne für die gemeinsame Zukunft.

Dann war Felix plötzlich weg. Dorle dachte schon, er hätte eine andere. Kurz vor Weihnachten hat er sich dann aus Wuppertal gemeldet, er würde jetzt dort arbeiten. Sie ist sofort hingefahren. Es gab keine andere Frau, aber Felix hat erklärt, dass er in Darmstadt und Umgebung nicht mehr sein könne. Einen Grund habe er damals nicht genannt und bis heute wisse Frau Dalmer diesen auch nicht. Sie habe aber nicht von Darmstadt weggewollt und ihre Arbeit in der Apotheke habe ihr auch sehr gut gefallen. So habe man eine Fernbeziehung gehabt und sie sei fast jedes Wochenende ins Ruhrgebiet gefahren.

2001 habe sie schließlich Felix bewegen können, mit nach Altheim zu kommen. Im Haus ihrer Eltern war eine Wohnung frei geworden. Sie seien dort zusammen eingezogen und hätten 2005 geheiratet.

Die weiteren Ausführungen von Gisela Bernd wurden jäh unterbrochen. Kriminalrat Haase kam in den Raum und sagte: „Es gibt Neuigkeiten. Das Bewegungsprofil von Dalmers Handy ist da.

Er war am Sonntag von 8:00 Uhr bis 9:30 Uhr in Dieburg und von 10:30 Uhr bis 17:00 Uhr in Offenbach, zuletzt beim oder im Stadion am

Bieberer-Berg. Die Kickers hatten wohl ein Heimspiel, aber muss noch geprüft werden, ob Dalmer unter den Zuschauern war.

19:00 Uhr war das Handy in Breitefeld bei Münster eingeloggt, aber ab 19:30 Uhr war es völlig aus. Hierzu passt aber die zweite Meldung, die eben kam. Man hat den Golf von Dalmer gefunden und zwar am Waldrand in Münster-Breitfeld. Die Spusi ist bereits auf den Weg dorthin und ihr solltet dieser schleunigst folgen. Vorsichtshalber habe ich auch die Bereitschaftspolizei alarmiert. Wenn Sie, Lutz, es dann vor Ort für angezeigt halten, kann ein Suchtrupp in etwa einer Stunde seine Arbeit dort aufnehmen.

Also, an die Arbeit und viel Erfolg. Dass ich zeitnah informiert werde, versteht sich ja wohl von selbst."

15.

Kriminalhauptkommissar Lutz Waski war mit seiner Mannschaft, Hauptkommissarin Forstmann, Kommissar Liebers und Kommissaranwärterin Bernd auf den Weg nach Münster-Breitefeld. Lutz saß am Steuer seines Opel Insignia und fragte: „Sagt einmal, gab es nicht vor einem Jahr einen großen Waldbrand in Breitefeld, wobei die Löscharbeiten durch im Wald liegende Munition erschwert wurden, was hat es denn damit auf sich? Ich wohne ja noch nicht lange in Eppertshausen und habe nur etwas von einer *MUNA* gehört."

Achim Liebers antwortete: „Ja, das stimmt, Ende Juni 2019 hat der Wald dort mehrere Tage gebrannt. Viel weiß ich nicht von Breitefeld. Ich bin zwar in der Gegend hier aufgewachsen und wir sind als Jungen auch viel in der Umgebung herumgestrolcht, aber der Wald hinter Breitefeld war für uns tabu. Die Eltern sagten, dass bis 1990 die Amis dort eine Kaserne und ein Munitionslager gehabt hätten. Mal sehen, ob ich etwas im Internet dazu finde." Er tippte kurz auf seinem Smartphone herum und sagte dann: „Was hier bei *WIKIPEDIA* steht, ist ganz interessant, ich lese es mal vor:"

Die Anfänge von Breitefeld liegen in den Jahren 1939 bis 1940. In dieser Zeit errichtete die Wehrmacht eine Munitionsanstalt (kurz *Muna*) der deutschen Luftwaffe. Unter dem offiziellen Namen *Lufthauptmunitionsanstalt Dieburg* diente sie der Fertigstellung und Lagerung von Luftwaffenmunition. Die Lagerung der Munition erfolgte in zahlreichen oberirdischen Bunkern. Beim Herannahen amerikanischer Fronttruppen Ende März 1945 wurden die meisten Bunker mitsamt der darin lagernden Munition von der deutschen Wehrmacht selbst gesprengt. Nach Kriegsende erfolgten weitere Sprengungen, wodurch ein großer Teil des Münsterer Waldes verseucht wurde.

Ab 1951 wurde die ehemalige Luftmunitionsanstalt von der US-Army weiter genutzt. Im Bereich der ehemaligen Wohn- und Verwaltungsgebäude entstand die *Muenster Kaserne*. Hier residierten bis 1995 verschiedenen amerikanische Einheiten.

Die Munitionsbunker befanden sich etwa 1 km westlich der Kaserne. Hier war während des *Kalten Krieges* eines der wichtigsten Nachschubdepots für *Sonderwaffen*, auch für Atomsprengköpfe. Diese wurden ab Anfang der 1980-iger Jahre in einem besonders gesicherten Bereich innerhalb des bestehenden Munitionsdepots gelagert. Als Folge des INF-Vertrages wurden bis Ende 1991 alle nuklearen Waffen aus Münster abgezogen.

Nach dem Ende der Nutzung durch die Amerikaner wurde das Kasernengelände zu einem Mischgebiet umgewidmet und es wurden Gewerbeflächen ausgewiesen. Der heutige Ortsteil entstand 1997.

Der größte Teil des 280 ha großen Geländes der ehemaligen Muna ist aber immer noch durch Munition aus dem Zweiten Weltkrieg verseucht und für die Öffentlichkeit nicht zugänglich.

Heute hat Breitefeld etwa 300 Einwohner.

Inzwischen waren die vier Kriminalisten in Breitefeld angekommen. Waski bog vor der alten Kaserne nach rechts ab und fuhr auf den Waldrand zu, wo ein Streifenwagen und der Kombi der Spusi neben einem olivfarbenen Golf standen.

Die Neuankömmlinge wurden von Hauptkommissar Daniel Goebel, dem Leiter der Kriminaltechnik beim RKI, dem auch die Spurensicherung, kurz Spusi genannt, unterstand, mit folgenden Worten begrüßt: „Hallo, hier steht der Wagen von Felix Dalmer, wahrscheinlich schon etwas länger. Die beiden Kollegen hier", er zeigte auf die Besatzung des Funkwagens, „haben das Auto vor knapp zwei Stunden bei ihrer routinemäßigen Streifenfahrt entdeckt. Ihrer Aufmerksamkeit ist es zu danken, dass sie sich an den Fahndungsaufruf erinnert haben.

Das Fahrzeug war verschlossen, das Handschuhfach stand offen und auf dem Beifahrersitz lag ein Handy. Wir haben die Türen und den Kofferraum geöffnete, auf den ersten Blick aber nichts Bedeutsames gefunden. Natürlich kommt das Auto zu uns in die KTU, damit es gründlich untersucht werden kann. Meine Kollegen wollen sich gerade einmal kurz in der Umgebung umschauen. Ach, da kommen sie ja schon zurück." Die so Genannten hatten keinerlei Hinweise auf den Verbleib von Felix Dalmer gefunden.

Hauptkommissar Waski bedankte sich und ordnete an, dass alle verfügbaren Kollegen die umliegenden Gebäude aufsuchen und die dort anzutreffenden Personen befragen sollen. Es sei wichtig zu erfahren, ob jemand Felix Dalmer gesehen hat, außerdem ließe sich vielleicht ermitteln, wann der olivgrüne Golf hier abgestellt wurde.

Danach rief er Kriminalrat Haase an und schilderte die Lage. Er meinte: „Chef, nach Lage der Dinge könnte Dalmer in dem angrenzenden Wald verschwunden sein. Das ist Sperrgebiet, es gibt auch darin noch Reste von alten Bunkern. Ich denke, wir sollten eine Hundertschaft der Bereitschaftspolizei und vielleicht auch einen Spürhund einsetzen".

Der Kriminalrat war einverstanden und versprach, die nötigen Schritte zu veranlassen.

Inzwischen war es fast 19:00 Uhr geworden. Die ausgesandten Polizisten kamen einer nach dem anderen zurück. Das Ergebnis der ganzen Aktion war mehr als mager. In vielen Häusern wurde niemand angetroffen und die wenigen Personen, die man sprechen konnte, waren nicht in der Lage, zweckdienliche Hinweise zu geben.

„Unsere Hoffnungen ruhen jetzt auf dem Einsatz der Suchmannschaft und des Spürhundes", stellte Kommissar Waski fest.

Es dauerte dann auch nicht mehr lange, bis ein Fahrzeugkonvoi der Bereitschaftspolizei auftauchte. An der Spitze ein Jeep, gefolgt von fünf Mannschaftswagen und am Schluss ein Kombi mit dem Hundeführer und seinem vierbeinigen Freund.

Der Kommandeur der Hundertschaft meldete sich bei Lutz Waski. Dieser schilderte, dass Felix Dalmer seit Sonntagabend vermisst und derzeit mit Haftbefehl wegen Mordverdacht gesucht würde. Vor etwa drei Stunden habe man seinen PKW hier entdeckt und es könne sein, dass er sich im angrenzenden Waldgebiet befindet. Dies müsse also durchkämmt werden, wobei es sich wegen alter Munitionsreste um ein Sperrgebiet handelt, also besondere Vorsicht nötig sei,

Der Kommandeur sagte, er kenne das Gebiet von einem früheren Einsatz, bei der eine Bande Jugendlicher festzunehmen war. Dann ließ er seine Leute absitzen und erteilte die notwendigen Befehle. Nach kurzer Zeit verschwanden die Polizisten in breiter Kette im Wald.

Bei Kommissar Göbel, der noch immer bei dem Golf von Dalmer stand, hatte sich inzwischen der Hundeführer mit seiner schönen, schwarzbraunen Schäferhündin eingefunden. Er meinte: „Zum Glück hat es in den letzten Tagen nicht geregnet, mal sehen, ob meine *Bella* da etwas findet." Er ließ die Hündin am Fahrersitz Witterung nehmen, worauf das Tier zügig dem Waldrand zustrebte.

Es vergingen etwa zwanzig Minuten als aus der Tiefe des Waldes Hundegebell erklang. Gleichzeitig kam ein Funkspruch vom Suchtrupp. Man hatte Felix Dalmer gefunden, er war tot.

16.

Dienstag, 20:30 Uhr

Die Leiche von Felix Dalmer wurde bei einem ziemlich zerfallenen Gebäude im Sperrgebiet etwa 800 m westlich von den Häusern Münster-Breitefeld gefunden. Der Tote lehnte in sitzender Stellung an der östlichen Außenmauer.

Die Hündin *Bella* hatte ihn als erstes aufgespürt, kurz bevor auch zwei Angehörige des Suchtrupps diese Stelle erreichten. Inzwischen waren weitere Bereitschaftspolizisten, deren Kommandeur sowie die Kommissare Waski und Goebel mit ihren Kollegen eingetroffen. Alle standen in einem Halbkreis mit gebührendem Abstand um den Toten.

Hauptkommissar Goebel lobte das professionelle Verhalten aller, die es vermieden hatten, eventuell vorhandene Spuren zu zerstören. Dann ging er behutsam zu dem Leichnam, untersuchte ihn kurz, kam zurück und sagte; „Bei dem Toten handelt es sich mit höchster Wahrscheinlichkeit um Felix Dalmer. Hierfür sprechen nicht nur das aufgefundene Auto, sondern vor allem die Übereinstimmung mit dem Fahndungsaufruf. Das Gesicht, das ja noch einigermaßen zu erkennen ist, und auch die Kleidung entspricht den dort gemachten

Angaben. Der Tote bietet keinen schönen Anblick. An der rechten Schläfe ist ein Einschuss und das Projektil ist auf der anderen Kopfseite wieder ausgetreten. Neben der rechten Hand lag eine Pistole. Es sieht also so aus, als ob sich Dalmer selbst getötet hat. Aber das alles muss selbstverständlich noch genauestens untersucht werden."

Kommissar Waski übernahm wieder das Kommando. Er bedankte sich bei den Bereitschaftspolizisten, die nun wieder abrücken konnten, und ging zu dem Hundeführer. Hier streichelte er dessen *Bella* bedankte sich und verabschiedete beide.

Dann wandte er sich an seine Kollegin: „Melanie, bitte verständigen Sie die Gerichtsmedizin. Versuchen Sie zu erreichen, dass ein Kollege von dort möglichst rasch hierher zum Fundort kommt. Bis 22:00 Uhr wird es ja noch hell sein und Daniel wird dann sicher für die notwendige Beleuchtung sorgen."

Kommissar Daniel Goebel hatte die letzten Worte gehört und sagte. „Ich habe bereits veranlasst, dass unser Gerätewagen kommt, er kann in etwas 30 Minuten hier sein. Dann leuchten wir hier das Ganze aus und drehen jeden Stein und jeden Grashalm um. Bevor wir uns dem Toten zuwenden, müssen wir aber wohl den Leichenschnippler seine Arbeit machen lassen."

„Der dürfte bald hier sein", verkündete Kommissarin Forstmann. „Ich habe Dr. Heiko Bruns erreicht, dieser wollte sich gleich auf seine Honda schwingen. Der *rasende Heiko*, wie wir ihn manchmal hinter vorgehaltener Hand nennen, wird wohl in Kürze eintreffen."

„Gut," antwortete ihr Chef. „Ich bleibe hier bis Dr. Bruns sich den Toten angeschaut hat. Inzwischen werde ich den Kriminalrat verständigen und dann Frau Dalmer informieren. Ihr anderen könnt jetzt Feierabend machen, die Funkstreife, die wir hier ja nicht mehr benötigen, mag euch mitnehmen. In ihrem Opel wird es für euch drei hinten vielleicht etwas eng, aber Achim fährt ja nur bis Dieburg mit. Morgen früh um 8:00 Uhr treffen wir uns im Präsidium."

„Chef, ich würde gern hier noch mit warten", bot Melanie Forstmann an. „Ich bin auch bereit, mit zu Frau Dalmer zu fahren, sie kennt mich und vielleicht ist es ganz gut, eine Frau dabeizuhaben, wenn sie die schlimme Nachricht erhält."

Hauptkommissar Waski war einverstanden.

Kommissar Liebers bemerkte noch, bevor er in den Funkwagen stieg: „Vielleicht ist unser Mordfall Obermann gelöst. Der Selbstmord hier sieht doch wie ein Schuldeingeständnis aus."

95

Lutz Waski reagierte ziemlich heftig: „Bitte keine voreiligen Schlüsse. Ob Selbsttötung vorliegt, ist nicht erwiesen, wenn es auch auf den ersten Blick so aussehen mag. Morgen früh wissen wir sicher mehr."

Der Streifenwagen fuhr davon. Die Leute von der Spusi hatten das Gebiet mit Flatterband abgesteckt und ihre Arbeit begonnen.

Melanie und Lutz unterhielten sich über den Fall. Sie erörterten nochmals alle bisher vorliegenden Fakten und waren beide der Meinung, dass ein Selbstmord von Felix Dalmer nicht ins Bild passen würde.

Es war dann kurz vor 22:00 Uhr als der Gerätewagen der Spusi und Dr. Bruns mit seinem Motorrad nahezu gleichzeitig eintrafen.

Die Kollegen der Spurensicherung brachten ihre Scheinwerfer in Stellung und kurze Zeit später war der Fundort taghell erleuchtet.

Der Gerichtsmediziner begrüßte die Kriminalisten und sagte zu Frau Forstmann: „Hallo, schöne Frau, ich würde Ihnen um diese Zeit ja lieber in einer netten Bar begegnen als hier im finsteren Wald. Wir sollten uns wirklich einmal an einem Ort treffen, wo es keine Leichen zu untersuchen gibt. Na, jetzt will ich aber erst einmal sehen, was uns dieser Kunde hier zu erzählen hat."

Dann schnallte er seinen Gerätekoffer vom Motorrad und begab sich zu dem Toten.

Nach nicht allzu langer Zeit kam er zurück und die wartenden Kommissare Waski, Goebel und Forstmann hörten seinen Bericht:

„Mit allen Vorbehalten kann ich sagen:

- Den Kopfschuss hätte kein Mensch überlebt;
- am Hinterkopf befindet dich eine große Beule, die kaum von einem Sturz herrühren kann;
- der Schnelltest hat ergeben, dass an der rechten Hand deutliche Schmauchspuren zu finden sind;
- der Todeszeitpunkt liegt mindestens 24 und höchstens 72 Stunden zurück.

Genaueres wie immer erst nach der Obduktion."

Kommissar Waski bedankte sich und verabredete mit Dr. Bruns ein Treffen für den Nachmittag des nächsten Tages im gerichtsmedizinischen Institut. Bei dieser Gelegenheit wolle man auch Frau Dalmer dazu bitten, damit sie ihren Mann identifizieren möge.

Dann verabschiedete er sich auch von den Kollegen der Spusi und ging gemeinsam mit Melanie Forstmann zu seinem Auto, um nach Altheim zufahren.

17.

Dienstag, 23:00 Uhr

Melanie Forstmann und Lutz Waski stiegen vor dem Haus der Dalmers aus ihrem Auto. Da sie angerufen hatten, wurden sie von Dorothea Dalmer schon erwartet und ins Haus gebeten.

Der Kommissar wartete, bis sich alle gesetzt hatten und sagte dann: „Wir kommen leider mit einer sehr schlechten Nachricht. Ihr Mann, Frau Dalmer, ist tot. Wir haben ihn vorhin im Wald bei Münster-Breitefeld gefunden. Unser aufrichtiges Beileid."

Frau Dalmer wurde kreidebleich, brachte kein Wort hervor und drohte von ihrem Stuhl zu kippen. Kommissarin Forstmann sprang hinzu und nahm die Frau in die Arme.

Eine quälend lange Minute war es still im Raum.

Unter Tränen und von häufigem Schluchzen unterbrochen fragte Frau Dalmer dann nach den näheren Umständen. Sie wollte wissen, wie man ihren Mann gefunden habe und woran er gestorben sei.

Melanie hatte von ihrem Kollegen durch kurzes Zunicken das Einverständnis erhalten und nahm das Wort: „Frau Dalmer, Ihr Mann ist durch einen Kopfschuss aus einer Pistole ums Leben gekommen. Derzeit sieht es so aus, als ob er sich selbst erschossen hat. Könnte denn Ihr Mann im Besitz einer Waffe gewesen sein? Haben Sie heute, nachdem wir Sie verlassen haben, noch eine Nachricht von Ihrem Mann erhalten, vielleicht einen Anruf oder eine SMS?"

„Ganz bestimmt nicht", lautete die Antwort. „Und ich glaube nicht, dass sich Felix selbst umgebracht hat. So etwas würde er niemals tun und er hätte ja auch gar keinen Grund dazu gehabt. Selbst wenn er erfahren hätte, dass ich mit Friedel fremdgegangen war, hätte er doch höchstens mich zu Rede gestellt, aber doch nicht sich selbst etwas angetan. Eine Pistole hat er auch niemals besessen. Nein, an Selbstmord kann ich nicht glauben, hier müssen sie schon einen anderen Täter suchen."

„Frau Dalmer", mischte sich jetzt Lutz Waski ins Gespräch ein, „können Sie sagen, ob Ihr Mann Rechts- oder Linkshänder war?"

„Felix war absoluter Linkshänder", lautete die Antwort. „Er hat mit der linken Hand geschrieben und auch sonst alles mit links gemacht. Warum fragen Sie?"

„Die Untersuchung zu den näheren Umständen des Todes Ihres Mannes ist noch in vollem Gange", antwortete der Kommissar, „da könnte Ihre Aussage sehr wichtig sein. Wir möchten Sie auch bitten, uns morgen in die

Gerichtsmedizin nach Frankfurt zu begleiten. Es lässt sich leider nicht vermeiden, dass Sie Ihren Mann dort identifizieren. Wir lassen Sie am Nachmittag abholen, rufen aber vorher noch an. Können wir Sie jetzt allein lassen, oder brauchen Sie einen Arzt?"

„Ich werde gleich rüber zu meinen Eltern gehen", sagte Frau Dalmer, „ich rufe sie gleich an."

Die Kriminalisten warteten den Anruf ab und brachten dann die junge Frau bis zum Eingang des Nebenhauses. Nachdem diese dort Einlass gefunden hatte, gingen sie zu Waskis Auto.

„Melanie, es ist schon spät, soll ich Sie noch nach Hause fahren?" fragte ihr Kollege.

Seine Kollegin wollte aber nur bis Dieburg mitgenommen werden, um von dort ein Taxi zu nehmen. Lutz Waski fuhr also zum Bahnhof und von dort nach Hause, wo er kurz vor Mitternacht ankam. Er hatte natürlich im Laufe des Tages mehrere Male angerufen und auch sein spätes Kommen angekündigt. So wunderte er sich nicht, dass im Wohnzimmer noch Licht brannte. Steffi und sein Schwiegervater saßen vor dem Fernseher, schalteten diesen aber aus, als Lutz ins Wohnzimmer kam. Seine Frau kam auf ihn zu und begrüßte ihn mit einem zärtlichen Kuss.

„Hallo ihr beiden", lautete die Begrüßung. „Wie war euer Tag? Bei uns ging es ziemlich turbulent zu."

„Bei uns auch, ich hatte wieder einmal Krach mit Mama", sagte Steffi. Auf den fragenden Blick ihres Mannes erklärte sie: „Nach dem Abendessen bin ich noch auf einen Sprung zu Heidrun gegangen. Wir haben hauptsächlich über ihre Schwangerschaft und die bevorstehende Geburt ihrer Tochter sowie über ihre Arbeit bei der Gemeindeverwaltung geredet. Mama wollte Tobias gleich nach dem Sandmännchen ins Bett bringen. Als ich kurz vor acht wiederkam, saß er aber noch mit ihr vorm Fernseher. Ich wollte ihn gleich schlafen legen, aber er musste mir erst noch von einem Adler und seinen Jungen in einem Horst erzählen. Dann hatte der Adler aber ein niedliches Häschen gefangen, was Tobias ziemlich aufgeregt hat. Ich konnte ihn aber beruhigen und er ist dann auch gleich eingeschlafen.

Danach bin ich runter zu Mama und habe mit ihr geschimpft. Wir hatten ausgemacht, dass sie Tobias gleich nach dem Sandmännchen ins Bett bringen sollte. Sie meinte, er habe aber doch die interessante Tiersendung sehen wollen und er könne ja morgen sowieso ausschlafen. Da bin ich ausgerastet und habe gesagt, wenn man sich nicht auf sie verlassen könne, müssten wir uns eben eine andere Wohnung suchen. Da ist

Mama beleidigt in der Küche verschwunden und ich bin nach oben gegangen. Gegen elf kam dann Papa vom Skat nach Hause. Ich bin zu ihm gegangen und habe die ganze Geschichte erzählt."

Jetzt richtete Werner Brenner das Wort an seinen Schwiegersohn: „Also Lutz, die beiden sturen Weibsleute sind anscheinend wieder einmal aneinander geraten – wenn man sie schon mal allein lässt. Aber morgen werden sich die Gemüter sicher wieder beruhigen lassen. Erzähle Du erst mal, was es Neues im Mordfall Obermann gibt? In unserer Skatrunde kursierten die tollsten Gerüchte. Wegen Corona finden ja die offiziellen Spielabende noch nicht wieder statt, da treffen wir uns eben zu acht privat. "

„Wie war es denn beim Skat? Wer hat gewonnen und was wird erzählt?" wollte Lutz wissen. Werner antwortete: „Wir haben ein paar Runden Bierlachs gespielt und hauptsächlich gequatscht. Irgend Jemand, ich weiß nicht mehr wer, wollte wissen, dass Obermann vom IS umgebracht wurde. Er wäre doch in Afghanistan gewesen und hätte dort die Rache des sogenannten Islamischen Staates herausgefordert."

Lutz schüttelte den Kopf: „Das ist absoluter Blödsinn. Wir wissen zwar noch nicht, warum und vom wem Obermann umgebracht wurde, aber ein afghanischer Flüchtling, den wir kurz auf dem Schirm hatten, hat damit garantiert nichts zu tun. Auch sonst gibt es keinerlei Hinweise auf einen eventuellen terroristischen Hintergrund, Aber wir haben heute einen zweiten Toten gefunden. Es ist der Arbeitskollege, mit dem Obermann am Sonntag kurzfristig seinen Dienst getauscht hatte. Seine Leiche lag mit einem Kopfschuss im Wald bei Breitefeld. Es sieht nach Selbstmord aus, wir haben aber Zweifel."

Steffi und ihr Vater wollten dann mehr wissen, aber Lutz erklärte, dass man erst die Ergebnisse der Spurensicherung abwarten müsse und außerdem sei es an der Zeit, schlafen zu gehen.

18.

Mittwoch, 8:00 Uhr

Im kleinen Beratungsraum des Kommissariats K 10 der Regionalen Kriminalinspektion (RKI) Darmstadt hatten sich Lutz Waski, Melanie Forstmann, Achim Liebers und Gisela Bernd pünktlich eingefunden.

Von der Kriminaltechnik war deren Leiter, der 1. Hauptkommissar Daniel Goebel, gekommen. Er hatte seinen IT-Spezialisten Hauptkommissar Stefan Ring mitgebracht.

Hauptkommissar Waski eröffnete die Beratung und wollte als erstes wissen, was die Untersuchung des Fundortes der Leiche von Felix Dalmer ergeben hat.

Daniel Goebel nahm das Wort: „Wir haben alles gründlich untersucht. Zunächst den Toten, nachdem Dr. Bruns mit seiner Untersuchung fertig war. In seinen Taschen fanden wir eine Packung Papiertaschentücher und ein Portemonnaie, das den Personalausweis, einen Zwanzigeuroschein und Kleingeld enthielt. Einen Abschiedsbrief oder etwas Ähnliche haben wir nicht gefunden. Sonst war nichts Auffälliges festzustellen. Weder an der Kleidung noch am Leichnam selbst oder in dessen Umgebung gab es etwas, was auf einen Kampf hingedeutet hätte. Etwaige Schleifspuren oder auffällige Spuren von einer anderen Person waren nicht zu entdecken. Wir müssen also davon ausgehen, dass Felix Dalmer dort starb, wo wir in gefunden haben. Dass er Schmauchspuren an der rechten Hand hatte, wurde ja von Dr. Bruns bereits erwähnt. Die Pistole war direkt an der rechten Schläfe angesetzt, besser dort aufgesetzt worden. Sie lag dort, wie sie nach einem solchen Schuss hinfallen musste. Bei der Waffe handelt es sich um eine *Makarow*. Solche Pistolen waren in den Ländern des Ostblocks weit verbreitet. Sie gehörten auch zur Standardausrüstung der Armee und Polizei in der DDR.

Heute dürfte eine solche Waffe leicht auf dem Schwarzmarkt bzw. im Darknet zu erhalten sein. Aus dem von uns gefundenen Exemplar wurde seit der letzten Reinigung nur ein Schuss abgefeuert, der Felix Dalmer getötet haben dürfte. Das Projektil und die Patronenhülse haben wir gefunden. Auf der Waffe waren nur die Fingerabdrücke von Dalmer und zwar so, wie sie bei einem Schuss auf seinen Kopf entstehen. Im Magazin waren nur noch drei Patronen. Auf einer davon konnten wir den Abdruck eines Daumens und eines Zeigefingers erkennen. Diese Fingerabdrücke wurden sichergestellt. Sie stammen nicht von dem Toten, sind aber auch nicht bei uns registriert.

105

Die Seriennummer der Pistole war herausge-
fräst worden. Die Spezialisten vom LKA, zu
denen die Waffe samt Munition unterwegs ist,
werden da aber sicher weiterkommen.

Soweit mein Bericht, Fragen will ich dann gern
beantworten."

Hauptkommissar Waski bedankte sich für die
gründliche Arbeit der SPUSI und meinte dann:
„Die bisherigen Ergebnisse scheinen ja zu
bestätigen, dass Felix Dalmer sich selbst
erschossen hat, es gibt nur eine Ungereimtheit:
Nach der Spurenlage hat Dalmer mit rechts
geschossen – er war aber Linkshänder!

Dies hat mir gestern seine Frau ausdrücklich
bestätigt. Sie meinte, er würde alles mit links
machen."

Hauptkommissar Ring meldete sich zu Wort:
„Die Theorie vom Linkshänder kann ich
bekräftigen. Wir haben den Laptop von Dalmer
sowie die zugehörige Maus und den Drucker
gründlich untersucht. Dabei fiel uns als erstes
auf, dass die Maus auf eine Benutzung durch
einen Linkshänder eingestellt war. Aber wir
haben noch mehr gefunden", erhöhte Stefan
Ring die Spannung: „Die Festplatte enthielt
zwar nur einige unbedeutende Dateien, aber wir
konnten einige, die vor kurzem gelöscht
worden waren, wiederherstellen. Von Interesse
dürfte dabei eine Excel-Datei sein, die
umfangreiche Daten zu den Finanzen des Felix

Dalmer enthält. Für noch wichtiger halten wir aber eine kurze Word-Datei, die wir ausgedruckt haben, lest bitte selbst."

Damit verteilte der Kommissar einige Blätter, auf denen folgendes zu lesen war:

Meine Geduld ist am Ende!
Ich will meinen Anteil!
Meine Tat ist verjährt, Deine nicht!
Ich kann also zur Polizei gehen!
Ich erwarte Dich am Sonntag 21:00 Uhr dort,
wo die Beute liegt!
Ich mache keinen Spaß!!!

Kommissar Ring bemerkte noch, dass die genaue Untersuchung des Druckers noch Details ergeben habe. So wurde von dieser Datei genau ein Exemplar ausgedruckt und zwar am vergangenen Freitagmorgen um 7:30 Uhr. Es sei eben beachtlich, was die modernen Geräte so alles speichern würden.

Die anwesenden Kriminalisten zeigten sich allesamt höchst überrascht. Hauptkommissar Lutz Waski brachte die Meinung aller auf den Punkt:

„Diese Zeilen hier müssen uns veranlassen, die Todesfälle Obermann und Dalmer in völlig neuem Licht zu sehen.

Felix Dalmer hat offenbar jemanden erpresst und es ist anzunehmen, dass er von dieser Person umgebracht wurde. Wahrscheinlich galt der Anschlag mit dem Gift am Sonntag auch schon

Dalmer. Der Täter dürfte nicht gewusst haben, dass Obermann kurzfristig dessen Dienst übernommen hatte. Dieser wäre dann das tragische Opfer einer Verwechslung geworden. Aus dem Schreiben geht auch hervor, dass Dalmer an einer Straftat beteiligt war, bei der es wahrscheinlich mindestens einen Toten gab. Dies legt jedenfalls die Passage nahe: *Meine Tat ist verjährt, Deine nicht!*

Für viele Verbrechen gibt es Verjährungsfristen, aber Mord verjährt nicht. Ich denke, es gab einen Raubüberfall und Dalmers Komplize hat dabei einen Menschen umgebracht. Ob dabei mehr als zwei Täter beteiligt waren, ist allerdings völlig unklar.

Ist jemand von euch anderer Meinung oder hat etwas zu ergänzen?"

Die anwesenden Kriminalisten stimmten Lutz Waski zu. Kommissarin Forstmann meinte aber, dass als Straftat außer Raub auch eine Vergewaltigung mit Todesfolge infrage kommen könnte.

Waski antwortete: „Das ist richtig, aber in dem Erpresserschreiben ist von *Beute* die Rede, das deutet auf Raub. Nach allem was wir bisher wissen, nehme ich an, dass dieser begangen wurde, als Dalmer seinen Zivildienst beim THW abgeleistet hat, oder kurz danach. Das würde erklären, weshalb er im August 2000 urplötzlich nach Wuppertal verschwunden ist.

Herauszufinden, um welches Verbrechen es sich handelt, ist unsere vordringliche Aufgabe. Hier liegt nach meiner Meinung der Schlüssel zur Klärung des Falles. Dass die Tötungen von Obermann und Dalmer zusammenhängen, steht für mich fest.

Ich schlage folgende Schritte vor:

Gisela, Sie durchforsten alle Akten und suchen nach Straftaten, die infrage kommen könnten.

Achim, Sie nehmen sich die Datei mit den Finanzunterlagen von Dalmer vor. Hier interessiert, ob es in der Vergangenheit größere Einzahlungen gegeben hat. Wenn Sie damit durch sind, unterstützen Sie dann Gisela.

Melanie, Sie bitte ich, heute Nachmittag mit Frau Dalmer zur Gerichtsmedizin zu fahren. Bitte versuchen Sie dabei herauszufinden, ob diese etwas von der Erpressergeschichte gewusst haben könnte, aber ohne ihr das Erpresserschreiben zu zeigen.

Danach sollten Sie die Spur verfolgen, die mit dem Namen Clemens Heinrich verbunden ist. Dieser frühere Freund von Dalmer war ja gleichzeitig mit diesem beim THW.

Ich selbst werde mich um diesen Ermittlungsansatz kümmern und zur Einsatzstelle des THW nach Mainz fahren.

An Sie, Daniel, habe ich noch die Bitte, mit ihren Leuten nochmals nach Breitefeld zu fahren. Im Erpresserschreiben ist die Rede vom

Ort, wo die Beute liegt. Man sollte also am Fundort von Dalmers Leiche suchen, ob dort irgendwo in der Nähe etwas vergraben ist oder war. Ich habe allerdings wenig Hoffnung, dass ihr nach so langer Zeit noch etwas findet, aber man sollte nichts außeracht lassen.

Wenn es keine Einwände gibt, treffen wir uns um 16:00 Uhr wieder hier. Wenn jemand von euch auf wichtige Fakten stößt, will ich natürlich sofort unterrichtet werden.

Ach, und noch eins: Die Presse wird von keinem von uns informiert. Vor allem darf der Täter nicht erfahren, dass wir den Erpresserbrief kennen. Wann und in welchem Umfang die Öffentlichkeit informiert wird, soll Kriminalrat Haase entscheiden. Ich werde diesem jetzt ausführlich Bericht erstatten."

Damit war die Beratung beendet und die Kriminalisten gingen an die Arbeit.

19.

Kriminalhauptkommissar Lutz Waski saß seinem Chef an dessen Schreibtisch gegenüber. Lutz hatte soeben ausführlich über den Stand der Ermittlungen zu den Todesfällen Obermann und Dalmer berichtet. Dabei war Kriminalrat Torsten Haase über den auf dem Laptop von Dalmer gefundenen Erpresserbrief genauso erstaunt wie zuvor Waski und seine Kollegen.

Er stellte dann fest. „Jetzt haben wir einen vielversprechenden Ansatzpunkt. Ich stimme mit Ihnen, Lutz, überein, dass in dieser Erpressergeschichte der Schlüssel zur Lösung des Falles liegen dürfte. Mit den von Ihnen vorgesehenen nächsten Schritten bin ich einverstanden. Wenn Sie noch zusätzliche Kräfte benötigen, kommen Sie zu mir."

Torsten Haase hatte gerade gefragt, wie sich Lutz in Eppertshausen eingelebt habe, als die Sekretärin, Frau Schreiber, ins Zimmer kam und ziemlich aufgebracht sagte: „Herr Kriminalrat, ich hatte soeben einen Anruf vom *Darmstädter Echo*. Der Redakteur sagte, ich solle doch mal auf die Seite ihrer Zeitung im Internet sehen, dort wäre eine Notiz zu finden, die morgen auf Seite 1 stehen würde. Ich habe gleich nachgeschaut, aber vielleicht wollen Sie das Ganze lieber selbst lesen."

Torsten Haase hatte schnell die betreffende Seite aufgerufen und gemeinsam mit Lutz Waski las er folgenden Text:

Erneut Toter bei der Dreieichbahn

Nach dem Tod des Lokführers F.O. durch Gifteinwirkung am vergangenen Sonntag (wir haben berichtet) hat man gestern im Bereich der ehemaligen Muna in Münster-Breitefeld die Leiche eines weiteren Lokführers gefunden.

Sind das gezielte Anschläge auf unseren öffentlichen Nahverkehr?

Die Polizei tappt offensichtlich völlig im Dunkeln und hält sich mit Informationen zurück. Wir bleiben am Ball.

Der Kriminalrat war erbost: „Wir müssen feststellen, auf welchen Kanälen die Zeitung zu diesen Informationen gekommen ist. Es kann ja wohl nicht angehen, dass Dinge, die bei uns passieren, bereits wenige Stunden später die Presse erfährt. Natürlich wussten die Suchmannschaften, unsere Spusi und Ihre Leute", dabei sah er Kommissar Waski an, „von der Geschichte. Aber Diskretion darf man da doch wohl verlangen."

„Für mich und meine Leute lege ich die Hand ins Feuer", sagte Waski, „aber wir sollten schon überlegen, was wir der Öffentlichkeit mitteilen.

Auf keinen Fall sollte nach außen dringen, dass wir das Erpresserschreiben von Dalmers Laptop sicherstellen konnten. Das würde sonst den oder die Täter warnen."

Hier stimmte Torsten Haase ausdrücklich zu und meinte dann, dass er für 18:30 Uhr eine Pressekonferenz anberaumen würde, an der nach Möglichkeit auch Kommissar Waski teilnehmen sollte. Dann diskutierten die beiden noch die Frage, wie ernst man den in der Pressemitteilung angedeuteten terroristischen Hintergrund nehmen muss. Sie waren sich aber schnell einig, dass die bisher vorliegenden Erkenntnisse, insbesondere die beiden unterschiedlichen Tötungsarten, einmal Gift und dann Schusswaffengebrauch, keine Anhaltspunkte für gezielte Anschläge gegen die Bahn liefern würden. Dennoch wolle man natürlich auch diesen Aspekt nicht außeracht lassen.

20.

Kriminalhauptkommissarin Melanie Forstmann hatte ihren kleinen Hyundai vor dem Haus Babenhäuser-Str 28 in Reinheim abgestellt und ging auf das zweigeschossige Gebäude zu. Die Klingelschilder wiesen sechs Wohnungen aus, aber auf keinem stand der Name Heinrich.

Melanie klingelte in der Wohnung Parterre rechts. Das schräg oberhalb der Haustür befindliche Fenster wurde geöffnet und eine ältere Frau schaute fragend heraus.

Die Kommissarin hielt ihren Dienstausweis hoch und sagte: „Ich suche Herrn Heinrich, nach den Angaben des Einwohnermeldeamtes soll er hier wohnen."

Neugierig fragte die Frau: „Was will denn die Polizei von Clemens, hat er wieder etwas ausgefressen?"

Melanie beschwichtigte: „Nein, keineswegs, wir benötigen bloß einige Auskünfte von ihm. Wohnt er denn nun hier?"

Schließlich erfuhr sie, dass Clemens Heinrich bis vor Kurzem bei Sylvia Vogel im zweiten Stock gewohnt hätte. Vor etwa drei Wochen habe es aber einen riesigen Krach zwischen den beiden gegeben und Clemens sei ausgezogen oder rausgeflogen, wie die Aussage der Hausbewohnerin lautete. Frau Vogel sei übrigens nicht zuhause. Sie würde, wie Herr Heinrich auch, bei Narck in Darmstadt arbeiten und beide könne man sicher derzeit dort finden.

Kommissarin Forstmann bedankte sich, ging zu ihrem Auto und griff zum Handy: „Hallo, Frau Schreiber", sagte sie, als sich die Sekretärin des K 10 gemeldet hatte. „Ich habe eine Bitte. Wir müssen doch dringend mit Clemens Heinrich sprechen. Ich bin hier in Reinheim, wo er bis vor Kurzem gewohnt hat und erfahre eben, dass er auf Arbeit bei Narck in Darmstadt ist. Können Sie bitte herausfinden, in welchem Bereich er dort arbeitet und wo ich ihn erreichen kann? Ach ja, seine ehemalige Freundin, eine Frau Silvia Vogel, soll auch dort arbeiten. Vielleicht muss ich auch mit ihr sprechen. Rufen Sie mich doch bitte auf meinem Handy zurück, ich fahre inzwischen nach Darmstadt."

Melanie Forstmann hatte soeben das Ortseingangsschild mit der Aufschrift *Wissenschaftsstadt Darmstadt* passiert, als der Rückruf von Frau Schreiber kam. Über die Freisprechanlage konnten sich die beiden Frauen gut verständigen und so erfuhr die Kommissarin, dass man bei Narck nicht sehr auskunftswillig gewesen war und die Polizei an die Personalabteilung verwiesen hätte. Diese habe ihr Domizil in der Frankfurter Str. 131.

Melanie bedankte sich und hielt kurz an, um diese Adresse in ihr Navi einzugeben.

Es war dann fast elf Uhr, als die Kommissarin das Personalbüro der riesigen Firma Narck erreichte. Sie hatte zuvor den Pförtner mit ernsten Konsequenzen drohen müssen, bevor dieser sie einließ, ohne erst langwierige Rückfragen zu starten. Nun saß sie Frau Peters, der stellvertretenden Personalchefin gegenüber und legte dar, dass sie dringend mit Clemens Heinrich sprechen müsse. Es ginge um die Aufklärung eines Mordfalles und Herr Heinrich sei ein wichtiger Zeuge. Frau Peters zeigte sich kooperativ, schaute gleich in ihrem PC nach und erklärte:

„Herr Heinrich wurde von uns von 1996 bis 1998 zum Chemielaborant ausgebildet und ist von da ab in unserem Unternehmen beschäftigt, mit Ausnahme seines Zivildienstes, den er von August 1999 bis Juni 2000 beim THW abgeleistet hat. Seit einigen Jahren arbeitet er im Bereich der Krebstherapie.

Sie werden in unserem weitverzweigten Gebäudesystem nicht so schnell hinfinden. Deshalb bitte ich unsere Auszubildende, sie hinzuführen."

Melanie Forstmann bedankte sich und gemeinsam mit einer hübschen jungen Türkin durchquerte sie eine Reihe von Gängen und benutzte verschiedene Aufzüge, um schließlich vor einer Tür zu landen, auf der zu lesen war:

Forschungsbereich III – Bereichsleitung –
Bitte klopfen und erst nach Aufforderung eintreten!

Kommissarin Forstmann bedankte sich bei der jungen Frau, die sie durch das Labyrinth gelotst hatte, klopfte, vernahm ein deutliches *Herein* und betrat einen büroähnlichen Raum. Die der Tür gegenüberliegende Seite bestand aus einer Glasfront, hinter der eine Menge von Laborgerätschaften zu sehen war.

Ein weißbekittelter Hüne von Mann erhob sich von seinem Platz hinter einem Schreibtisch und kam auf seine Besucherin zu: „Guten Tag, Frau Kommissarin, Sie sind mir schon angekündigt worden. Mein Name ist Dr. Hauser, ich bin hier der Bereichsleiter und werde Herrn Heinrich gleich rufen lassen."

Er griff zum Telefon, wartete einen Moment und sagte dann: „Herr Heinrich, kommen Sie doch bitte einmal gleich ins Sekretariat."

Nach kurzer Zeit betrat ein schmächtiger, etwa 1,65 m großer, schwarzhaariger Mann den Raum und sah seinen Chef und dessen Besucherin fragend an. Diese zückte ihren Dienstausweis und wollte sich gerade vorstellen, als sich Clemens Heinrich umdrehte, fluchtartig durch die Tür zum Flur verschwand und mit großen Sätzen davonlief.

Melanie Forstmann war völlig verblüfft, bemerkte aber dann: „In Kriminalfilmen rennt jetzt die Polizei hinterher. Das erzeugt Spannung und füllt Sendezeit. Auf eine solche Aktion möchte ich aber verzichten. Ich denke, dass wir den Kandidaten schon zu fassen bekommen. Ich hatte übrigens nur ein paar harmlose Fragen und sehe absolut keinen Grund, weshalb er davongelaufen ist. Nun bleibt mir nichts anderes übrig, als nochmals zur Personalabteilung zu gehen, oder wissen Sie, wo Heinrich jetzt wohnt oder wo ich hier im Haus seine ehemalige Freundin Sylvia Vogel finden kann?"

Auf beide Fragen kam nur ein *Leider nein* und ein Kopfschütteln als Antwort. Melanie verabschiedete sich, trat aus der Tür und rief: „Da liegt ein weißer Kittel im Flur, den hat Heinrich wohl auf seiner Flucht weggeworfen." Sie holte das Kleidungsstück und zog aus der rechten Tasche ein kleines Handy hervor.

„Das ist sein Dienstapparat", erklärte Dr. Hauser. „Hier hat jeder so ein Gerät für die interne Verständigung. Es funktioniert aber nur auf dem Firmengelände, allerdings kann man damit auch genau geortet werden. Sein normales Telefon hat Heinrich sicher in seinem Spind. Wir sollten schnell in den Umkleideraum gehen, vielleicht hat er sich die Zeit genommen, seine Sachen mitzunehmen. Da können wir ihn vielleicht noch erwischen."

Die beidem eilten zum Umkleideraum, aber Clemens Heinrich war davongelaufen, ohne diesen betreten zu haben.

Sein Spind war verschlossen und mit einem Zahlenschloss gesichert. „Kennen Sie die Kombination?", wollte die Kommissarin von ihrem Begleiter wissen. Der verneinte.

Daraufhin bat ihn Melanie Forstmann über das firmeninterne Netz Frau Peters anzurufen, sie habe einige dringliche Fragen.

Als die Verbindung zustande gekommen war, berichtete die Kommissarin, dass Clemens Heinrich plötzlich davongelaufen sei und wollte sein Geburtsdatum und seine aktuelle Anschrift haben. Sie erhielt folgende Daten:

14.10.1976; Babenhäuser-Str 28, Reinheim.

„Diese Adresse stimmt nicht mehr", sagte Melanie zu Frau Peters. „Dort bei Sylvia Vogel ist er vor drei Wochen ausgezogen. Ich will einmal versuchen, ob ich mit seinen Geburtsdaten das Zahlenschloss seines Spindes knacken kann, dann komme ich nochmal zu Ihnen. Es wäre schön, wenn wir dann auch Frau Vogel dazu holen können. Eigentlich wollte ich Clemens Heinrich nur als Zeugen vernehmen, aber durch seine Flucht macht er sich natürlich verdächtig. Also, bis gleich."

119

Damit gab sie das Telefon zurück und widmete sich dem Spind. Nach kurzem Probieren stand er offen. Es hing nur eine leichte Sommerjacke darin. In deren Taschen befanden sich ein Smartphon, eine Brieftasche mit Personalausweis sowie ein Schlüsselbund, an dem zwei Sicherheits- und ein Autoschlüssel befestigt waren,

„Diese Sachen nehme ich mit", entschied die Kommissarin und dann habe ich noch eine letzte Frage: „Hatte Clemens Heinrich Zugang zu Giften, insbesondere zu Strychnin? Ich frage, weil das bei unseren Ermittlungen eine Rolle spielen könnte."

Dr. Hauser antwortete: „Natürlich haben wir hier unter den Substanzen, die wir für unsere Forschungen benötigen auch Gifte, Strychnin gehört dazu. Die Nutzung wird allerdings genau kontrolliert und protokolliert und ist ohne mein o.k. im Prinzip nicht möglich."

Melanie Forstmann bat, die Giftbestände, insbesondere den von Strychnin, genau zu kontrollieren und verabschiedete sich.

21.

Melanie Forstmann hatte das Personalbüro mit einigen Mühen wiedergefunden, nachdem sie unterwegs dreimal fragen musste.

Bevor sie den Raum von Frau Peters betrat, zückte sie ihr Handy und rief im Präsidium an. „Hallo Gisela", sagte sie, als sich Frau Bernd meldete, „geben Sie mir doch bitte einmal Kommissar Liebers."

„Der ist nicht da", lautete die Antwort. „Es hat ziemlichen Ärger gegeben und der Kriminalrat hat ihn suspendiert. Aber am Telefon will ich dazu nicht mehr sagen, es ist auch besser, wenn Sie das vom Chef direkt erfahren. Kommissar Waski war auch schon unterwegs nach Mainz, als es den Krach hier gab. Für 17:00 Uhr ist jedenfalls eine außerordentliche Dienstbesprechung des gesamten K 10 ange-setzt."

„Ich werde versuchen, pünktlich zu sein", sagte Kommissarin Forstmann. „Hier gibt es auch ein Problem. Clemens Heinrich ist überstürzt davongelaufen, als ich ihn befragen wollte. Gisela, bitte suchen Sie alles heraus, was wir über ihn haben und veranlassen Sie, dass er zur Fahndung ausgeschrieben wird. Ich werde gleich nochmals mit der stellvertretenden Personalchefin von Narck sprechen und kann Ihnen dann sicher auch ein Foto von Clemens Heinrich schicken. Mit seiner ehemaligen Freundin, einer Frau Sylvia Vogel, will ich auch reden. Sehen Sie bitte auch nach, ob wir über diese etwas haben. Dann fahre ich von hier zur Gerichtsmedizin und nehme Frau Dalmer mit. Um 14:00 Uhr wollten wir eigentlich bei Dr. Bruns sein, aber das wird knapp. Haben Sie übrigens schon etwas zu Überfällen mit Todesfolge aus den Jahren 1999 bis 2001 gefunden?"

Mit der Antwort, dass zwei Fälle infrage kommen könnten und die Akten dazu angefordert seien, wurde das Gespräch beendet.

Melanie Forstmann klopfte kurz an und betrat das Zimmer von Frau Peters. Diese wollte etwas mehr wissen, deshalb berichtete die Kommissarin, dass man Felix Dalmer erschossen aufgefunden habe. Dieser sei ein Jugendfreund von Clemens Heinrich gewesen und beide hätten zur gleichen Zeit ihren Zivildienst beim THW in Mainz abgeleistet. Da das Motiv für die Tötung Dalmers auch in der Vergangenheit liegen könne, – den Erpresserbrief ließ sie selbstverständlich unerwähnt – sei es wichtig, mit Herrn Heinrich und mit dessen ehemaligen Freundin, Frau Vogel, zu reden. Dann wollte sie noch wissen, ob sich Frau Peters erklären könne, weshalb Clemens Heinrich so unvermittelt davongelaufen ist und ob es dafür in seiner Personalakte vielleicht irgendwelche Hinweise gäbe.

Frau Peters verneinte dies, sah jedoch nochmals die Akte durch und sagte dann weiter: „Wie ich schon vorhin bemerkte, ist Clemens Heinrich seit 1996 bei uns in der Firma, mit der Unterbrechung durch seinen Zivildienst. Er hat in verschiedenen Abteilungen als Chemielaborant gearbeitet, seit etwa drei Jahren, bei Dr. Hauser. Bei uns sind regelmäßige Beurteilungen üblich, die natürlich dem Betroffenen und auch dem Betriebsrat zur Kenntnis gegeben werden. Seine letzte, und nur diese wurde gespeichert, habe ich hier. Sie ist durchschnittlich, ein Vorschlag für einen Bonus ist nicht enthalten. Aber direkt Negatives steht nicht in der Personalakte. Ich weiß allerdings, dass wir vor etwa sieben Jahren eine Abmahnung aussprechen mussten, aber auch diese ist selbstverständlich inzwischen gelöscht. Es ging damals, wenn ich mich recht erinnere, um eine Tätlichkeit gegenüber einem Kollegen. Heinrich scheint zu Unbeherrschtheit und Jähzorn zu neigen, seine Arbeit erledigt er aber ordentlich."

Die Kommissarin bedankte sich und meinte dann, dass die Flucht von Clemens Heinrich vielleicht etwas mit seiner aktuellen Tätigkeit zu tun haben könnte. Frau Peters versprach, dieser Sache nachzugehen.

Es trat eine Pause ein, in der jede der beiden Frauen ihren Gedanken nachhing.

Dann klopfte es. Nach dem *Herein* von Frau Peters betrat eine junge, blonde und etwa 1,60 m große Frau den Raum.

„Hallo, Frau Vogel", wurde sie von der stellvertretenden Personalchefin begrüßt. „Darf ich Ihnen Kriminalkommissarin Forstmann von der RKI Darmstadt vorstellen, sie hat ein paar Fragen an Sie."

„Da bin ich aber neugierig, was die Polizei von mir will. Ich habe ein absolut reines Gewissen", lautete die Antwort.

Melanie schmunzelte innerlich und sagte dann: „Frau Vogel, es geht nicht um Sie, sondern um Clemens Heinrich. Ich wollte ihn als Zeugen vernehmen, er ist mir aber davongelaufen. Wissen Sie, wo wir ihn finden können?"

„Mit Clemens habe ich nichts mehr zu schaffen", kam es mit einem Ausdruck von Empörung von der jungen Frau. „Wir waren über vier Jahre zusammen, aber vor drei Wochen habe ich ihn rausgeschmissen, nachdem er mich geschlagen hatte. Vielleicht treibt er sich bei seinen neuen Kumpels herum."

Im weiteren Gespräch erfuhr die Kommissarin dann, dass Sylvia Vogel und der sechs Jahre ältere Clemens Heinrich durchaus Pläne für eine gemeinsame Zukunft geschmiedet hätten. Clemens sei zwar zuweilen aufbrausend und unbeherrscht gewesen, manchmal wegen Kleinigkeiten, aber tätlich geworden sei er vorher noch nie. Über weite Strecken hätte sie ihn als zärtlichen und liebevollen Mann erlebt.

Vor einigen Wochen sei er dann mit Leuten zusammengekommen, die ihm offensichtlich Flausen in den Kopf gesetzt hätten. Er habe dann davon gesprochen, dass man dumm sei, wenn man sein Geld mit täglicher Plackerei verdienen wolle, das könne man einfacher und mit mehr Erfolg machen. Mit seinen Kenntnissen als Chemiker könne er leicht das Zehnfache von dem verdienen, was er jetzt bei Narck bekäme.

Auf Vorhaltungen, dass das wohl nicht mit rechten Dingen zugehen könne, sondern kriminell sei, habe er unwirsch reagiert. Er sei dann oft die Abende weggeblieben und vor drei Wochen in der Nacht von Freitag auf Sonnabend überhaupt nicht nach Hause gekommen. Das wäre der Tropfen gewesen, der das Fass zum Überlaufen gebracht hätte. Sie habe ihm vorgeworfen, bei und mit einer anderen geschlafen zu haben, was er vehement bestritten hätte. Er hätte die ganze Nacht in einem geheimen Labor gearbeitet. Das habe sie nicht geglaubt und wissen wollen, wo das Labor sei. Er habe aber nur gesagt: „In Darmstadt in der Nähe des Stadions der Lilien."

Der Streit sei dann jedenfalls immer mehr eskaliert und schließlich sei Clemens die Hand ausgerutscht. Obwohl er sich sofort entschuldigt hatte, habe Sylvia ihn rausgeworfen, mit den Worten: *Wenn Du zur Besinnung gekommen bist, kannst Du Dich ja mal bei mir melden.*

Auf Nachfrage erklärte Frau Vogel, dass sie keinen der neuen Kumpels ihres Ex-Freundes kennen würde. Bei einem Telefongespräch habe sie nur den Namen *Wolle* gehört und später habe einmal ein Wolfgang angerufen und Clemens sprechen wollen.

Melanie Forstmann bedankte sich und beendete das Gespräch. Zum Schluss bat sie noch, dass man sie informiert, falls eine der beiden Frauen etwas zum Verbleib von Clemens Heinrich erfahren würde.

Sie überreichte jeder der beiden eine Visitenkarte und verließ den Raum.

Bevor sie in ihr Auto stieg, rief sie nacheinander ihre Dienststelle und Lutz Waski an. Sie berichtete über die Ergebnisse ihrer Gespräche mit Frau Peters und Frau Vogel und teilte mit, dass sie nunmehr Frau Dalmer abholen und mit ihr zu Dr. Bruns fahren wolle.

22.

Mittwoch, 13:30 Uhr

Der Landesverband Hessen, Rheinland-Pfalz, Saarland des THW hat seinen Sitz in der Heinrich-von-Brentano-Str.1 in Mainz.

Hauptkommissar Lutz Waski hatte sein Auto auf dem Besucherparkplatz abgestellt und war zum Pförtner gegangen. Da er sich telefonisch angemeldet hatte, wurde er schon erwartet und zum Büro des Leiters der Einrichtung, das sich im Obergeschoss des Flachbaues befand, geführt.

Diplomingenieur Manfred Spindler stand auf, ging seinem Besucher entgegen und sagte: „Hallo, Herr Kommissar Waski, ich begrüße Sie. Wir hatten ja telefoniert und ich habe daraufhin die Unterlagen, die wir über Felix Dalmer und Clemens Heinrich haben, heraussuchen lassen. Können Sie mir sagen, weshalb Sie sich für die beiden interessieren?"

Lutz Waski erklärte, dass man Dalmer seit Sonntag als Zeuge in einem Todesfall seines Freundes gesucht und ihn gestern tot aufgefunden habe, erschossen mit einer Pistole. Da man wisse, dass Dalmer und Heinrich befreundet waren, interessiere man sich natürlich auch für diesen.

Gemeinsam gingen die die beiden Männer dann die Unterlagen durch. Aus diesen ging folgendes hervor:

Dalmer und Heinrich hatten im August 1999 ihren elfmonatigen Zivildienst angetreten und sich zum THW gemeldet. Die Ergebnisse der mit beiden geführten Aufnahmegespräche waren positiv, wie aus den in den Akten liegenden Protokollen hervorging. Die beiden jungen Männer wurden dem Ortsverband Mainz zugeordnet und dort im *Technischen Zug* ausgebildet und eingesetzt. Für die Dauer ihrer Dienstzeit gab es keine Eintragungen in den Personalunterlagen. Die Abschlussbeurteilungen beider waren sehr positiv. Ihnen wurde Zuverlässigkeit, Kameradschaftlichkeit und hoher Einsatzwille bescheinigt. Besonders hervorgehoben wurde ihr Einsatz beim Eisenbahnunfall von Rüsselsheim.

„Zu Letzterem hätte ich gern etwas mehr gewusst", äußerte sich Waski. „Ich bin erst seit vorigem Jahr hier beim RKI und war vorher in Thüringen tätig, da weiß ich von diesem Unfall überhaupt nichts."

„Oh, das war tragisch", antwortete Manfred Spindler. „Von diesem Unfall habe ich noch einen Pressebericht im Schreibtisch. Hier lesen Sie:"

Am Nachmittag des 2. Februar 2000 fuhr der 24 Jahre alte Triebfahrzeugführer mit seiner

S-Bahn der Baureihe 420 der Linie S 14 in Richtung Frankfurt am Main. Er musste fahrplangemäß im Bahnhof Rüsselsheim halten. Bei der Vorbeifahrt am Zwischensignal des Bahnhofteils „Opelwerk" zeigte das Vorsignal *Halt erwarten*. Der Triebfahrzeugführer bestätigte auch über die Zugbeeinflussung, das Signal wahrgenommen zu haben. Nach dem Halt im durchgehenden Hauptgleis Richtung Frankfurt (Gleis 2) am Bahnsteig hatte er aber die ihm durch das Vorsignal übermittelte Information („Halt erwarten") vergessen. Der S-Bahn-Verkehr erfolgt bei der S-Bahn Rhein-Main mit Selbstabfertigung (Triebfahrzeugführer hat Zugaufsicht). Mit der Abfertigung beschäftigt, führte der Triebfahrzeugführer den Vorgang routinemäßig durch und fuhr los.

Da die Baureihe 420 stark beschleunigen kann und der Abstand zwischen dem Ende des südlichen Bahnsteigs des Bahnhofs Rüsselsheim und dem Ausfahrsignal ungewöhnlich lang war, war der Zug bereits sehr schnell, als er das weiterhin „Halt" gebietende Ausfahrsignal des Bahnhofs passierte. Trotz der durch die Vorbeifahrt am Signal sofort ausgelöste Zwangsbremsung kam der Zug nicht mehr vor dem östlichen Weichenbereich zum Stehen, denn der Durchrutschweg war bereits aufgelöst und die zur Verfügung stehende Schutzstrecke für die bereits erreichte Geschwindigkeit nicht ausgelegt. Der Zug rutschte über die Weiche. Diese wurde gerade von der mit 500 Fahrgästen vollbesetzten S-

Bahn nach Wiesbaden befahren. Beide Züge stießen frontal zusammen. Die vorderen Segmente beider Triebwagen verkeilten sich ineinander. Ein folgendes Segment stellte sich fast senkrecht auf, bevor es auf einen benachbarten Parkplatz mit sechs dort abgestellten Autos stürzte.

Mit 17 Toten und 145 zum Teil schwer Verletzten war dies der schwerste Unfall in der Geschichte der S-Bahn Rhein-Main.

Während Waski las, saß Ingenieur Spindler gedankenverloren hinter seinem Schreibtisch. Dann sah er auf und sagte: „Das Geschehen von damals, die Toten und die Schreie der Verletzten verfolgen mich auch heute nach 20 Jahren noch. Es wurde natürlich sofort ein Krisenstab gebildet. Die Leitung hatte der Oberbranddirektor der Darmstädter Feuerwehr. Es wurden alle verfügbaren Kräfte, die Hilfszüge der Bahn, die Feuerwehren, auch die vom Flughafen, Notärzte und Sanitäter und natürlich auch das THW eingesetzt. Ich war damals 40 Jahre alt und wurde Mitglied des Krisenstabes. Meine Aufgabe war es, alle Aktivitäten des THW zu koordinieren. Die beiden Jungen, über die wir gerade geredet haben, hatte ich zu meinen Assistenten, oder wenn Sie wollen Adjutanten, gemacht. Da haben sie sich hervorragend geschlagen. Wir waren unter anderem für die Beleuchtung der Unfallstelle zuständig und haben später dann auch mit unserer schweren Technik bei der Bergung der verunfallten Fahrzeuge geholfen. Das war nicht einfach. Der letzte Verletzte konnte erst nach drei Stunden geborgen werden, der letzte Tote erst am nächsten Morgen.

Bei den gesamten Arbeiten mussten wir besonders eng mit dem Personal der Hilfszüge der Bahn, die ebenfalls über schwere Technik verfügten, zusammenarbeiten. Die Leitung dort oblag Ingo Kolinski. Wir waren etwa gleichaltrig. Über die beiden Jungen haben wir engen Kontakt gehalten. Ich hatte den Eindruck, dass sich die drei recht gut verstanden haben."

Hauptkommissar Waski bedankte sich für die ausführliche Schilderung des tragischen Unglücks. Mit Interesse hatte er auch alles zur Kenntnis genommen, was die Personen Clemens Heinrich und Felix Dalmer betraf. Er meinte aber, dass sich im Hinblick auf den Tod von Felix Dalmer leider nicht viel ergeben habe.

Kommissar Waski verabschiedete sich und fuhr zurück nach Darmstadt.

23.

Hauptkommissarin Melanie Forstmann hatte Frau Dalmer zuhause abgeholt und betrat zusammen mit ihr das Reich von Dr. Bruns im Institut für Rechtsmedizin.

„Hallo, Herr Doktor", begrüßte die Kommissarin den Mediziner. „Entschuldigen Sie bitte unsere Verspätung, aber wie Sie aus meinem kurzen Anruf ja wissen, wurde ich noch aufgehalten. Darf ich Ihnen Frau Dalmer vorstellen, sie ist mitgekommen, um ihren Mann zu identifizieren. Vielleicht können wir dies zuerst erledigen und uns dann über den Obduktionsbefund unterhalten."

Dr. Bruns war einverstanden, begrüßte Frau Dalmer und sprach ihr sein Beileid aus. Dann führte er die beiden Frauen in einen der Sektionsräume. Dort zog er aus einem der Kühlfächer eine Bahre heraus, auf der, mit einem weißen Tuch bedeckt, ein menschlicher Körper lag. Er ging zum Kopfende, schlug das Tuch zurück und blieb schweigend daneben stehen.

Frau Dalmer konnte sich nur mit Mühe auf den Beinen halten, hielt sich an der Kommissarin fest und starrte auf das Gesicht ihres Mannes. Von dem Durchschuss war zum Glück nicht viel zu bemerken. „Ja, das ist mein Mann", brachte sie schließlich mit tränenerstickter Stimme hervor. „Er ist wirklich tot. Erst Friedel und jetzt Felix.

Wer hat das bloß gemacht?"

Melanie Forstmann nahm sie in den Arm: „Das werden wir herausfinden. Deswegen will ich mich jetzt noch kurz mit Dr. Bruns unterhalten. Ich bringe Sie noch in den Aufenthaltsraum und nach meinem Gespräch mit dem Gerichtsmediziner fahre ich Sie dann nach Hause. Es wird nicht lange dauern."

Kurze Zeit später saß die Kommissarin dem Gerichtsmediziner in dessen Büro gegenüber.

„Also, schöne Frau", eröffnete Dr. Bruns die Unterhaltung: „Ich kann Ihnen folgende Fakten bieten: Die Todesursache war der Schuss in die rechte Schläfe. Die Waffe war mit hoher Wahrscheinlichkeit aufgesetzt und die Kugel ist auf der anderen Kopfseite wieder ausgetreten, was unmittelbar zum Tod geführt hat. Interessant dürfte aber sein, dass Felix Dalmer kurz vorher einen starken Schlag auf den Hinterkopf erhalten hatte. Er muss bewusstlos gewesen sein, kann sich also kaum selbst erschossen haben. Dazu passen Hämatome an der rechten Hand, die entstanden sein dürften, als ihn jemand die Pistole in die Hand gedrückt hat. Der Täter dürfte die Hand des Bewusstlosen geführt und dann abgedrückt haben, was die vorgefundenen Schmauchspuren erklärt.

Für mich steht fest, dass Felix Dalmer sich nicht selbst getötet hat sondern erschossen wurde.

Einen ausführlichen Bericht erhalten Sie umgehend per Fax. Ich hoffe, Sie kriegen den Täter bald und wünsche Ihnen viel Erfolg."

Melanie Forstmann bedankte sich und bemerkte: „Ihre Aussagen passen ins Bild, Dalmer war nämlich Linkshänder." Dann sagte sie *tschüs* und begab sich in den Aufenthaltsraum, um Frau Dalmer abzuholen.

Die Rückfahrt der beiden Frauen verlief zunächst schweigend. Erst nach einer geraumen Weile richtete die Kommissarin das Wort an Frau Dalmer und bat sie, ihr etwas mehr zu berichten von der Zeit, als sie ihren Mann kennengelernt hatte, also von den Jahren 1995 bis 2005.

„Das meiste habe ich Ihnen ja schon vorgestern erzählt", sagte daraufhin Frau Dalmer. „Wir waren eine ganze Clique junger Leute, sind viel in Discos oder Kinos gegangen und haben auch manchmal nur so rumgehangen. Felix, der mich 1995 nach einem Discobesuch mit in Truppe genommen hatte, gehörte dazu wie auch Friedel, Clemens und noch ein paar Jungen und Mädchen. Carola, die spätere Frau von Friedel, war aber nicht dabei. Felix und Clemens waren wohl beide scharf auf mich, wie man so sagt. Aber ich mochte Clemens nicht, er war mir zu unbeherrscht. Verliebt war ich in Felix. Als dann die Jungen beim THW waren und Friedel beim Bund, sind die Kontakte nach und nach eingeschlafen. Dass Felix plötzlich nach Wuppertal ging, hatte ich ja auch schon erzählt. Den Grund weiß ich bis heute nicht. Unsere Liebe hat die räumliche Trennung aber ausgehalten und 2005 haben wir geheiratet. Danach hatten wir von den alten Freunden eigentlich nur noch Umgang mit Friedel und seiner Carola."

Inzwischen waren die beiden Frauen in Altheim vor dem Haus der Dalmers angekommen. Melanie Forstmann lehnte das Angebot, noch mit hineinzukommen, ab. Sie verabschiedete sich und fuhr ins Präsidium.

24.

Im großen Beratungsraum des Kommissariats K 10 der RKI Darmstadt waren zusammen mit dem Leiter, Kriminalrat Torsten Haase, insgesamt 22 Personen versammelt. Es waren dies nicht nur die Leiter der einzelnen Bereiche, wie am Dienstagvormittag, sondern alle Mitarbeiter, auch die drei Sekretärinnen.

Torsten Haase nahm das Wort.

„Liebe Kolleginnen und Kollegen, bevor wir uns mit den aktuellen Mordfällen beschäftigen, habe ich noch etwas sehr Unerfreuliches mitzuteilen. Vor etwa drei Stunden habe ich mich gezwungen gesehen, Kommissar Achim Liebers mit sofortiger Wirkung zu suspendieren und seine Waffe und seinen Dienstausweis einzuziehen. Wie es dazu kam, können uns vielleicht Frau Schreiber und Frau Bernd sagen. Frau Schreiber, bitte machen Sie den Anfang", forderte er seine Sekretärin auf.

Diese begann: „Es war kurz vor 14;00 Uhr und ich wollte mir gerade einen Kaffee holen, als ich aus dem Zimmer, das sich Gisela und Achim, also Frau Bernd und Herr Liebers, teilen, einen lauten Wortwechsel hörte. Frau Bernd sagte: *Lassen Sie das. Nein! Ich rufe um Hilfe und sage das dem Chef.* Von Herrn Liebers hörte ich: *Mädchen, zier dich nicht so, du musst nur mal richtig durchgefickt werden, von einem echten deutschen Mann und nicht von deinem Kanaken.*

Da habe ich die Tür aufgemacht und gesehen, wie der Liebers Gisela beim Wickel hatte und versuchte, sie zu küssen. Als er mich sah, ließ er los und Frau Bernd lief weinend aus dem Raum."

Es machte sich eine allgemeine Empörung im Raum breit, aber der Kriminalrat bat um Ruhe und forderte Frau Bernd auf, den Vorfall aus ihrer Sicht zu schildern.

Diese begann: „Achim Liebers hat mir schon seit längerem Avancen gemacht. Er meinte, dass ich ihm gefallen würde und er wollte mich immer zum Essen oder ins Kino einladen. Um ihn ein bisschen auf Abstand zu halten, habe ich schließlich erzählt, dass ich einen festen Freund habe. Der ist Türke und als Arzt hier im Klinikum angestellt.

Heute nun kam es zu dem Zwischenfall, wie ihn Frau Schreiber geschildert hat. Ich hatte den Eindruck, dass Achim etwas getrunken hatte. Es tut mir sehr leid, ich bin mir aber keiner Schuld bewusst."

„Von Schuld kann überhaupt keine Rede sein", sagte Torsten Haase begütigend zu ihr. „Die Verantwortung liegt ganz allein bei Achim Liebers und dieser wird sie zu tragen haben.

Das Ganze ist ein Fall für die *Interne*". (So wird die Abteilung für interne Ermittlungen allgemein genannt.)

„Ich möchte hier jedenfalls in aller Deutlichkeit klarstellen: Sexismus und Ausländerfeindlichkeit haben in unserem Kommissariat absolut nichts verloren!

Nun wollen wir aber zum aktuellen Geschehen kommen. Dazu bitte ich die Leiter aller Abteilungen noch zu bleiben. Alle anderen können an ihre Arbeit gehen."

Es entstand eine kurze Pause, in der das Vergehen von Kommissar Liebers zwischen den Kollegen lebhaft diskutiert und allgemein missbilligt wurde.

Nach Aufforderung durch den Chef berichtete dann Lutz Waski von der Suche nach dem im Fall des vergifteten Triebfahrzeugführers Obermann stark verdächtigten Felix Dalmer und dessen Auffindung in Münster-Breitefeld. Er führte dann weiter aus: „Felix Dalmer ist durch einen Kopfschuss ums Leben gekommen. Es sah zunächst nach Selbsttötung aus, die Pistole und auch das Projektil wurden sichergestellt. Die gerichtsmedizinische Untersuchung und auch die Tatsache, dass Dalmer Linkshänder war, die Pistole aber mit rechts abgefeuert worden war, führten zu dem Schluss: Es war Mord!"

Der Kommissar legte eine Pause ein und fuhr dann fort: „Das Motiv dürfte in einer versuchten Erpressung liegen. Wir haben bei Dalmer den Entwurf eines Erpresserbriefes gefunden, Melanie, projizieren Sie bitte einmal den Text auf die Leinwand."

Nachdem alle den Text gelesen hatten, redete Lutz Waski weiter. „Aus diesem Schreiben haben wir folgende Schlussfolgerungen gezogen:

1. Der Täter dürfte die Person sein, die erpresst werden sollte.
2. Mit hoher Wahrscheinlichkeit galt der Anschlag mit dem Gift, dem Obermann zum Opfer fiel, auch Felix Dalmer. Der Täter wird wohl nichts davon gewusst haben, dass die beiden den Dienst kurzfristig getauscht hatten,
3. Der Erpressungsversuch bezieht sich auf einen Vorfall, wir vermuten einen Raubüberfall mit Todesfolge, der viele Jahre zurück liegt. Der Hinweis auf die Verjährung im Erpresserbrief lässt uns an einen Zeitraum von etwa zwanzig Jahren denken.

Ende der neunziger Jahre des vorigen Jahrhunderts war Felix Dalmer eng mit Clemens Heinrich befreundet. Beide haben von 1999 bis 2000 ihren Zivildienst beim THW in Mainz abgeleistet.

Kollegin Forstmann hat versucht, mit Herrn Heinrich Kontakt aufzunehmen, ich war in Mainz bei der dortigen Leitung des THW und die Kollegen Bernd und Liebers hatte ich beauftragt, nach alten Fällen zu suchen, die der Ausgangspunkt für den Erpressungsversuch sein könnten.

Ich mache es kurz:

Clemens Heinrich ist vor Kommissarin Forstmann geflüchtet, sie wird nachher selbst mehr dazu sagen.

Meine Recherche beim THW hat nicht viel gebracht.

Frau Bernd und der heute Vormittag noch auf seine Arbeit konzentrierte Kommissar Liebers haben zwei alte Fälle ausgegraben.

Erstens einen Überfall auf eine Tankstelle in Groß-Umstadt am 30.12.1999, bei der ein zufällig anwesender Kunde erschossen wurde.

Zweitens einen Überfall auf einen Geldtransporter am 14.7.2000. Dieser geschah, als am Abend die Einnahmen des Supermarktes MINIMAL, der damals am Ortseingang von Eppertshausen existierte, abgeholt werden sollten. Hier wurde einer der beiden Geldboten erschossen.

Die Unterlagen zu beiden Überfällen werden wir gründlich auswerten. Vor allem aber müssen wir schnellstens Clemens Heinrich finden, der durch seine Flucht dringend tatverdächtig ist. Hierzu wird Kommissarin Forstmann noch etwas sagen, Melanie bitte."

Die so Angesprochene schilderte dann, wie man durch die Befragung von Frau Dalmer auf Clemens Heinrich aufmerksam geworden war und dass sie vergeblich versucht habe, ihn unter seiner Meldeadresse in Reinheim zu erreichen. Sie berichtete dann weiter von ihrem Besuch bei der Firma Narck in Darmstadt und der Tatsache, dass Clemens Heinrich überstürzt davongelaufen war, als sie sich als Polizistin ausgewiesen hatte. Sie berichtete dann weiter: „Bei seiner Flucht hat Heinrich sein Smartphon, seine Brieftasche und ein Schlüsselbund zurückgelassen. Diese Dinge befinden sich bei der KTU und liefern uns hoffentlich Hinweise, wie wir den Flüchtigen schnell finden können. Er wurde selbstverständlich sofort zur Fahndung ausgeschrieben.

Im Gespräch mit Frau Vogel, der ehemaligen Freundin von Heinrich, habe ich ein interessantes Detail erfahren. Danach soll dieser in einer Clique mitarbeiten, die ein geheimes Labor in Darmstadt betreibt. Dieses soll in der Nähe vom Böllenfalltor sein. Vielleicht – ich spekuliere jetzt einmal – wird hier Rauschgift hergestellt und Heinrich ist deswegen geflohen. Er muss also mit dem Mord an Dalmer nicht unbedingt etwas zu tun haben."

Kriminalrat Haase bedankte sich bei Melanie und Lutz. Dann machte er alle nochmals darauf aufmerksam, dass die Sache mit dem Erpresserbrief vorläufig völlig intern gehalten werden muss, und beendete die Beratung.

Dann wandte er sich an den Leiter der Abteilung Raubstraftaten, Hauptkommissar Norbert Prasse: „Norbert, ich bitte Sie, sich gemeinsam mit Kollegin Bernd einmal die beiden alten Fälle anzusehen. Sicher haben Sie noch Erinnerungen an die damaligen Ermittlungen."

Danach bat er Gisela Bernd und Lutz Waski, sie in sein Arbeitszimmer zu begleiten. Er wolle auch Hauptkommissar Gisbert Zenker, den Leiter des K 34 Rauschgiftdelikte, sowie Hauptkommissar Daniel Goebel, den Leiter der KTU bitten zu kommen. Gemeinsam wolle man versuchen, die Suche nach Clemens Heinrich voranzutreiben.

25.

Mittwoch, 18:00 Uhr

Am großen runden Tisch im geräumigen
Arbeitszimmer des Leiters des K 10 saßen die
Kriminalräte Torsten Haase und Gisbert Zen-
ker, die Hauptkommissare Daniel Goebel, und
Lutz Waski sowie Hauptkommissarin Melanie
Forstmann.

Torsten Haase informierte den Leiter des K 34
über den Fall Felix Dalmer und stellte fest, dass
man in diesem Zusammenhang dessen Jugendfreund Clemens Heinrich möglichst schnell finden müsse. Dann bat er Kommissarin Forstmann über ihren Besuch bei der Firma Narck zu
berichten.

Melanie schilderte zunächst, dass man durch
die Aussagen von Frau Dalmer auf Clemens
Heinrich gestoßen war und erzählte dann weiter: „Nachdem ich heute Vormittag diesen jungen Mann unter seiner Meldeadresse in Reinheim nicht erreicht, aber Hinweise auf seine Ex-
Freundin, Frau Sylvia Vogel und seine Arbeitsstelle erhalten hatte, bin ich zu dieser gefahren.
Heinrich arbeitet als Chemielaborant bei Narck
hier in Darmstadt. Ich war bei der stellvertretenden Personalchefin und von dort aus bei seinem unmittelbaren Chef Dr. Hauser. Der hatte
dann Clemens Heinrich kommen lassen und als

ich diesem meinen Dienstausweis zeigte, ist er Hals über Kopf davongelaufen. Es gelang mir dann, seinen Spind zu öffnen, Dr. Hauser war dabei. Die dort gefundenen Gegenstände, ein Smartphon, eine Brieftasche und ein Schlüsselbund sind bei der KTU, Kommissar Goebel kann sicher etwas dazu sagen. Lassen sie mich noch schnell zu Ende kommen. Aus meiner Unterhaltung mit Frau Vogel ergibt sich der Verdacht, dass Clemens Heinrich zu einer Clique gehört, die in einem geheimen Labor Drogen oder vielleicht auch Sprengstoff herstellt. Da er aber von der Möglichkeit gesprochen hatte, schnell viel Geld zu verdienen, nehme ich Ersteres an. Das Labor soll hier in Darmstadt in der Nähe vom Böllenfalltor existieren. In dem Zusammenhang fielen Frau Vogel die Namen *Wolle* und *Wolfgang* ein. Vielleicht weiß Kommissar Zenker hierzu etwas.

Einen Hinweis auf aktuelle Verbindungen zu Dalmer habe ich übrigens nicht gefunden."

Nach einer kurzen Pause nahm Hauptkommissar Goebel das Wort. Er berichtete, dass man Brieftasche, Schlüsselbund und Smartphon von Heinrich gründlich unter die Lupe genommen habe. In der Brieftasche hatte man neben seinem Personalausweis noch seinen Führerschein, seine Gesundheitskarte der BARMER/GEK, ein Aktfoto von Frau Vogel sowie 70

Euro in zwei Scheinen gefunden. Am Schlüsselbund waren ein Schlüssel von einem PKW-Golf sowie zwei kleinere und ein größerer Sicherheitsschlüssel, wahrscheinlich für Wohnungstüren und eine Haustür. Das Smartphon war geschützt durch ein Passwort, das aber problemlos geknackt werden konnte.

Das Telefonverzeichnis sowie die gespeicherten SMS-Nachrichten, von denen einige gelöscht waren, aber wiederhergestellt werden konnten, liegen ausgedruckt vor. Kommissar Goebel führte dann weiter aus: „Im Hinblick auf das eben von Kollegin Forstmann Gesagte halte ich folgendes für wichtig:

Erstens: Zum Namen *Wolle* gibt es im Telefonverzeichnis zwei Eintragungen, eine Festnetz- und eine Handynummer. Mit dieser wurden eine Reihe von SMS-Nachrichten getauscht. Interessant dürfte die letzte sein, mit der ein Treffen für heute 20:00 Uhr im Labor verabredet wurde.

Zweitens: Der Name Dalmer taucht nirgendwo auf, weder im Telefonspeicher, noch bei den Kurznachrichten und auch nicht beim Verzeichnis der geführten Telefongespräche, obwohl wir hier noch nicht alle Nummern zuordnen konnten. Festnetz- und Handynummern von Felix oder Dorothea Dalmer sind jedenfalls nicht dabei.

Soweit zur Auswertung der Sachen des Clemens Heinrich.

Bemerken möchte ich aber noch, dass meine Kollegen, die den Fundort von Dalmers Leiche untersuchen, sich kurz vor dem Beginn unserer Beratung gemeldet haben. Ihr Metalldetektor hatte angeschlagen und man ist beim vorsichtigen Graben."

Nun richtete sich das Augenmerk aller Anwesenden auf Kriminalrat Zenker. Gisbert Zenker war etwa 1,80 m groß, grauhaarig und verfügte mit seinen 55 Jahren über reiche Erfahrungen was Drogendelikte angeht. Er sagte: „Der Name *Wolle* ist uns bekannt. Wir wissen auch, dass eine Truppe von vier Personen in einem Labor synthetische Drogen herstellt und vertreibt. Hauptsächlich KO-Tropfen und MDMA, besser bekannt als Ecstasy. Wir kennen auch den Ort, wo sich das Labor befindet, wollten aber mit einem Zugriff noch warten, bis wir die Vertriebswege noch genauer kennen. Unter den gegebenen Umständen schlage ich aber vor, dass wir das Nest noch heute Abend ausheben. Es müsste mit dem Teufel zugehen, wenn uns dabei nicht auch Clemens Heinrich ins Netz geht."

Alle Anwesenden fanden den Vorschlag gut. Torsten Haase meinte, dass er seine beiden Mitarbeiter da wohl nach Hause entlassen könne, erntete aber Widerspruch von Lutz Waski, der bei dem Einsatz dabei sein wollte und begierig war, Clemens Heinrich zum Tod von Dalmer zu befragen.

Mit der Vereinbarung, sich gegenseitig auf dem Laufenden zu halten, ging man schließlich auseinander.

Kommissar Waski beauftragte noch seine Kollegin Forstmann, auch Frau Bernd nach Hause zu schicken, wünschte einen schönen Feierabend und setzte für morgen 8:00 Uhr eine Dienstbesprechung an.

Dann begleitete er Kriminalrat Haase zur Pressekonferenz, nach deren Ende er gleich zum Rauschgiftdezernat kommen wollte.

Zuvor rief er noch zuhause an und teilte mit, dass es wieder einmal später werden würde.

26.

Im Arbeitszimmer vom Chef des Kommissariats K 34 *Rauschgiftdelikte* saßen bereits Kriminalrat Gisbert Zenker und drei seiner Mitarbeiter beim Verzehr der bestellten Pizzas, als Lutz Waski, für den man auch eine bestellt hatte, von der Pressekonferenz kam. Er informierte kurz, dass Vertreter vom *HR* (Hörfunk und Hessenschau), vom *FFH* sowie von der *Offenbachpost* und dem *Darmstädter Echo* gekommen waren und Fragen gestellt hatten. Zuvor hatte Kriminalrat Haase einen kurzen Überblick zum Stand der Ermittlungen zu den Morden an Obermann und Dalmer gegeben. Dabei hatte er durchblicken lassen, dass ein Zusammenhang zu einem zwanzig Jahre alten Raubüberfall wahrscheinlich sei.

Die Männer waren dabei, die Reste ihrer Pizzen zu verspeisen und die Cola-Gläser zu leeren, als der Kriminalrat die Beratung begann.

An seine Männer gewandt sagte er: „Wir werden nachher dem Drogenlabor in der Kraisaer-Straße einen Besuch abstatten. Eigentlich wollten wir damit noch warten, aber einer unserer *Kunden*, nämlich Clemens Heinrich, wird dringend von der MUK gesucht und wir werden ihn sicher dort festnehmen können.

Deshalb wird Hauptkommissar Waski mit von der Partie sein. Peter", damit wandte er sich an seinen Mitarbeiter, Oberkommissar Peter Baum, „informieren Sie doch bitte den Leiter der MUK über das, was wir von dem Drogenlabor wissen."

Kommissar Baum führte aus, dass man das Labor, in dem synthetische Drogen und KO-Tropfen hergestellt würden, schon länger auf dem Schirm habe. Der führende Kopf dort sei ein gewisser Wolfgang Huber, genannt Wolle. Dieser sei 41 Jahre alt, habe einen Abschluss als Diplomchemiker und war als Assistent an der TU Darmstadt beschäftigt. Vor etwa drei Jahren sei er auf die schiefe Bahn geraten.

Kommissar Baum fuhr fort: „Auslöser war wohl die Trennung von seiner Verlobten, deren Ursache nicht ohne Pikanterie ist. Huber hatte die Vorarbeiten für seine Dissertation abgeschlossen und rechnete mit alsbaldiger Promotion. Da kam er dahinter, dass seine Braut, die einen identischen akademischen Werdegang hatte, mit seinem Chef ins Bett ging. Huber verließ die gemeinsame Wohnung, schmiss die Arbeit hin und trieb sich fortan nur in Kneipen herum. Die Folge war, dass er seine Stelle verlor. Die Frau, die er heiraten wollte, trat an seinen Platz. Sie übernahm auch die Vorarbeiten für die Dissertation, an denen sie zu einem kleinen Teil beteiligt gewesen war.

Heute ist sie als Dr. rer. nat. die Frau des Professors.

Wolfgang Huber zog in das Haus seiner Großmutter, hier in der Kraisaer-Straße. Seine Eltern, beide angesehene Mediziner, waren vor fast zehn Jahren bei einer Safari in Kenia ums Leben gekommen. Geschwister existieren nicht.

Vor anderthalb Jahren hat er sich im Keller des großmütterlichen Hauses ein Labor eingerichtet und mit der Herstellung synthetischer Drogen begonnen. Aus dem Umfeld seiner zahlreichen Kneipenbekanntschaften hat er dann drei ihm geeignet erscheinende junge Männer zwischen 27 und 32 Jahren rekrutiert, die den Vertrieb übernahmen. Es ist etwa vier Wochen her, als Clemens Heinrich zu dieser Truppe stieß. Mit seinen Erfahrungen als Chemielaborant war er hochwillkommen. Soweit unser Kenntnisstand", beendete Kommissar Baum seine Ausführungen.

Kriminalrat Zenker übernahm wieder die Gesprächsführung. Er legte dar, wie der Einsatz ablaufen solle und meinte, dass man auf ein SEK gut verzichten könne, wohl aber vier Kollegen der Schutzpolizei mitnehmen wolle. Diese sollten zwei Autos nehmen, damit man dann die Festgenommenen abtransportieren könne. Die Männer vom K 34 würden ein weiters Fahrzeug benutzen und Gisbert Zenker wollte zu Lutz Waski in dessen PKW steigen.

Inzwischen zeigte die Uhr 20:15. Die vier Polizeifahrzeuge hielten vor einem kleinen Einfamilienhaus in der Kraisaer-Straße. Kommissar Baum ging als erster zur Haustür und betätigte die Klingel. Eine alte Frau kam heraus. Baum zeigte seinen Polizeiausweis und sagte: „Wir wollen zu Ihrem Enkel Wolfgang Huber. Er ist doch sicher in seinem Labor im Keller."

Die Oma von Huber nickte und die Polizisten gingen an ihr vorbei die Treppe hinunter.

Die Kellertür war zu, aber nicht verschlossen.

Kommissar Baum öffnete sie und befand sich in einem relativ geräumigen Raum, der durch zwei hoch angebrachte schmale Fenster Tageslicht erhielt. An einem länglichen Tisch saß Huber mit zwei Männern beim Bier. Bevor sich diese von der Überraschung erholen konnten, waren drei Schutzpolizisten bei ihnen und die Handschellen klickten.

„Was fällt Ihnen ein", rief aufgebracht Wolfgang Huber, der sich als erster gefasst hatte. „Sie können doch nicht so hier eindringen und uns verhaften. Ich werde mich beschweren."

Jetzt nahm Kriminalrat Zenker das Wort: „Hören Sie zu! Wir können selbstverständlich hier eindringen, wir haben nämlich einen

151

Durchsuchungsbeschluss, hier ist er." Damit gab er Herrn Huber das Papier zu lesen und fuhr fort: „Sie drei sind übrigens nicht verhaftet, sondern nur vorläufig festgenommen, wegen Herstellung und Vertrieb von Drogen. Wir werden sie alle später im Präsidium befragen. Den Vorschriften entsprechend mache ich sie darauf aufmerksam, dass sie nicht aussagen müssen, aber das alles, was sie sagen, gegen sie verwendet werden kann. Jeder von Ihnen hat auch das Recht auf einen Anwalt. Vom Ausgang der Befragung wird abhängen was weiter mit ihnen passiert.

Und jetzt werden wir uns das illegale Laboratorium ansehen."

Kriminalrat Zenker sowie die Kommissare Baum und Waski durchschritten die dem Eingang gegenüberliegende Tür und kamen in einen hell erleuchteten Raum, der mit zahlreichen Laborutensilien und Apparaturen ziemlich vollgestellt war. Einige dieser Geräte waren in Betrieb und wurden von Clemens Heinrich bedient. Dieser schaute erschrocken auf die Polizisten.

„Herr Heinrich", wurde er von Kriminalrat Zenker angesprochen, „wir müssen Sie bitten, Ihre Arbeiten hier sofort einzustellen, alle Apparaturen abzustellen und uns auf das Präsidium zu begleiten. Sie sind wegen der illegalen Herstellung von Drogen vorläufig festgenommen. Sie müssen nicht aussagen, aber alles, was Sie sagen, kann gegen Sie verwendet werden, auch haben Sie das Recht, einen Anwalt hinzuzuziehen.

Meine Kollegen werden sich nachher hier gründlich umsehen."

Das Ganze hatte keine halbe Stunde gedauert und so fuhren etwa Viertel vor neun drei Autos wieder davon. In den ersten beiden saßen die Schutzpolizisten mit den vier Festgenommenen. Im dritten saßen Lutz Waski und Gisbert Zenker.

Kommissar Baum hatte gemeint, dass er mit seinen Kollegen wohl noch ein paar Stunden zu tun haben würde.

Der Kriminalrat schlug Lutz vor, die Befragung der Festgenommenen auf den kommenden Vormittag zu verschieben. Waski wollte aber Clemens Heinrich gleich noch zum Fall Dalmer/Obermann befragen und dabei die Drogensache erst einmal außen vor lassen.

Kriminalrat Zenker war einverstanden und so wurden drei der Festgenommen in Einzelzellen des Polizeigewahrsams gebracht, während Clemens Heinrich in den Verhörraum des Kommissariats K 10 geführt wurde.

Kurz nach 21:30 Uhr saß er nun in einem fensterlosen Raum an einem länglichen Tisch. Vor ihm stand ein Mikrofon, an der gegenüberliegenden Wand blinkte eine Videokamera.

Hauptkommissar Waski und seine Kollegin, Kommissarin Halbach, vom KD (Kriminaldauerdienst) betraten den Raum, bedeuteten den an der Tür sitzenden Polizisten, dass er den Raum verlassen könne, und setzten sich Clemens Heinrich gegenüber.

„Herr Heinrich", begann Lutz das Gespräch, „ich bin Hauptkommissar Lutz Waski, leite die Mordkommission und habe ein paar Fragen an Sie. Dabei geht es nicht um die Sache mit dem Drogenlabor. Wollen Sie antworten oder möchten Sie lieber einen Anwalt hinzuziehen?"

Der so Angesprochene sagte: „Ich kann mir beim besten Willen nicht vorstellen, was die Mordkommission von mir will. Wenn aber die Geschichte mit unserem Labor nicht zur Sprache kommt, will ich gern auch ohne Anwalt antworten."

Clemens Heinrich wurde darauf aufmerksam gemacht, dass das Gespräch in Bild und Ton aufgezeichnet wird und der Kommissar begann: „Herr Heinrich, wir wissen, dass Sie Friedhelm Obermann und Felix Dalmer kennen. Wie würden Sie Ihr Verhältnis zu den beiden beschreiben und wann haben Sie diese zuletzt gesehen?"

„Natürlich kenne ich Friedel und Felix", kam die Antwort. „Ende der neunziger Jahre waren wir drei recht gut befreundet und sind öfters zusammen um die Häuser gezogen. 1999 ging Friedel dann zum Bund und wurde später in Afghanistan eingesetzt. Seit dieser Zeit hatte ich kaum noch Kontakt zu ihm. Ich weiß aber, dass er verheiratet ist, in Eppertshausen wohnt, verwundet aus Afghanistan zurückkam und jetzt Triebwagen fährt. Vor etwa zwei Wochen bin ich von Buchschlag nach Dieburg gefahren, da war er der Fahrer und wir haben ein bisschen geschwätzt, hauptsächlich von früher. Was ist mit Friedel und Felix?"

Kommissar Waski antwortete: „Friedhelm Obermann ist tot. Er wurde am vergangenen Sonntag vergiftet. Felix Dalmer ist auch tot, wir haben ihn gestern erschossen aufgefunden. Sie verstehen, dass wir deshalb Fragen an Sie haben."

Völlig fassungslos schüttelte Clemens Heinrich den Kopf: „Felix und Friedel – beide tot – das kann ich nicht glauben. Was ist denn da passiert? Wie soll das denn zugegangen sein? Wer ist denn da der Täter?"

„Wir sind mitten in den Ermittlungen", lautete die Antwort, „aber bitte erzählen Sie uns mehr über Ihr Verhältnis zu Felix Dalmer."

Sehr stockend und immer wieder durch Kopfschütteln unterbrochen berichtete dann Clemens Heinrich, dass er Felix von der Schule kenne und sie hätten auch zusammen in der gleichen Mannschaft Fußball gespielt. Ab August 1999 wären Felix und er beim THW in Mainz gewesen. Friedel sei zum Bund nach Fritzlar gegangen, oft aber auch am Wochenende da gewesen, sodass die alte Truppe auch weiterhin durch Discos und Bars gezogen sei. Mädchen wären auch dabei gewesen. Ihm hätte es Dorle angetan, die wäre aber in Felix vernarrt gewesen. Auch als dieser im August 2000 plötzlich weg war, habe er nicht bei Dorle landen können. 2005 hätten schließlich Dorle und Felix geheiratet, wonach seine Kontakte zu beiden völlig eingeschlafen seien.

Kommissar Waski wollte danach von Clemens Heinrich noch Näheres über die Zeit beim THW wissen und fragte auch, wann er Felix Dalmer zuletzt gesehen habe.

Die Antwort lautete: „Mit Felix hatte ich schon längere Zeit keinen Kontakt. Es ist mindesten zwei Monate her, als wir uns zufällig hier auf dem Ludwigsplatz getroffen haben.

Die Zeit mit ihm beim THW war aber sehr schön und auch interessant. Wir haben beide viel gelernt. Besonders in Erinnerung geblieben ist uns natürlich der Einsatz beim S-Bahnunglück in Rüsselsheim. Das war am 2. Februar 2000 und wir wurden von unserem Chef, Herrn Manfred Spindler, als seine unmittelbaren Assistenten eingesetzt. Wir halfen, die Kontakte zu den anderen Einsatzkräften zu sichern und bekamen dadurch einen guten Überblick über das gesamte Geschehen. Das Bild vom Unfallort war grauenhaft und verfolgt mich manchmal noch heute.

Besonders eng war die Zusammenarbeit mit dem Team vom RMV. Der Leiter hier war Ingenieur Ingo Kolinski. Zu ihm entstand eine Freundschaft und obwohl dieser viel älter war, haben wir uns auch später noch öfters getroffen. Ingo konnte spannend von der Eisenbahn und ihrer Geschichte sowie von spektakulären Unfällen erzählen. Als aber Felix im August weg ging, hatte auch ich keinen Kontakt mehr zu Ingo."

Kommissar Waski bedankte sich und sagte dann: „Herr Heinrich, morgen früh wird man Sie zu der Geschichte mit der illegalen Herstellung von Drogen befragen. Ich kann Ihnen nur raten, reinen Tisch zu machen. Vielleicht kommen Sie dann mit einer Bewährungsstrafe davon. Wenn sich im Zusammenhang mit der Tötung von Obermann oder Dalmer noch Fragen ergeben, kommen wir auf Sie zu."

Damit beendete Kommissar Waski die Vernehmung.

27.

Lutz Waski stellt seinen Opel-Insignia auf dem Platz vor seiner Garage im Kreuzfeld ab.

Im Haus war alles dunkel. Er schloss die Haustür auf, ging nach oben und schaltete das Flurlicht an. Das Wohnzimmer war leer, Steffi war wohl ebenfalls schon ins Bett gegangen. Er schaute noch kurz zu Tobias, der friedlich in seinem Bettchen schlief und sah dann, dass im Schlafzimmer noch Licht brannte. Er ging hinein und fand seine Frau schlafend mit einem aufgeschlagenen Buch in der Hand.

Er wollte gerade den Raum leise wieder verlassen, als Steffi die Augen aufschlug: „Hallo Schatz, ich wollte ja auf dich warten und muss dann wohl eingeschlafen sein. Soll ich dir noch etwas zu Essen machen?"

Lutz ging auf sie zu, gab ihr einen zärtlichen Kuss und sagte: „Danke, das ist nicht nötig, wir haben uns Pizza kommen lassen. Es war ein ereignisreicher Tag heute. Na, ich berichte gleich, ich gehe nur schnell noch unter die Dusche, dann komme ich sofort ins Bett."

Wenig später lag er neben Steffi, die sich bei ihm angekuschelt hatte, und erzählte zunächst von dem Krach mit Achim Liebers und dessen Suspendierung. Er meinte: „Eigentlich hätte ich als Chef ja merken müssen, dass es zwischen Gisela und Achim Probleme gibt, aber mir ist nichts aufgefallen. Man weiß überhaupt zu wenig voneinander. So habe ich auch erst heute nebenbei erfahren, dass Gisela einen festen Freund hat, einen Türken, der als Arzt hier im Klinikum arbeitet. Wenn die Sache mit Obermann und Dalmer vorbei ist, werden wir die ganze Truppe mal zum Grillen hierher einladen. Da lernst Du auch die Kollegen und ihre Partner kennen. Die Lebensgefährtin von Melanie kenne ich bisher auch nur flüchtig."

„Das ist eine gute Idee", meinte Steffi, „aber Vorwürfe musst du dir nicht machen. Es geht ja auch nicht an, wenn der Chef zu sehr im Privatleben seiner Mitarbeiter herumschnüffelt. Wie war dein Tag sonst? Habt ihr Clemens Heinrich gefunden?"

Lutz erzählte von seinem Besuch beim THW, wobei er von dem schrecklichen S-Bahn-unglück in Rüsselsheim Anfang 2000 erfahren habe. Dann berichtete er, dass Clemens Heinrich vor Kommissarin Forstmann Hals über Kopf davongelaufen war und schilderte dessen Festnahme bei der Aushebung des illegalen Drogenlabors.

Er schloss dann: „Ich habe Clemens Heinrich nach seinen Beziehungen zu Obermann und Dalmer ausführlich befragt. Er hat bestätigt was wir schon wussten, nämlich dass die drei Ende der neunziger Jahre gut befreundet waren und dass er gemeinsam mit Dalmer von August 1999 bis Juni 2000 beim THW in Mainz war. Heinrich schien aber echt überrascht zu sei, als ich ihm sagte, dass die beiden tot sind. Von Dalmer wissen wir sicher, dass er sich nicht selbst umgebracht hat, sondern ermordet wurde. Das Motiv dafür suchen wir in der Vergangenheit. Wir glauben, dass man mindestens zwanzig Jahre zurückgehen muss. Hier könnte Clemens Heinrich eine Rolle spielen, aber ich habe in der Unterhaltung mit ihm keinen Ansatzpunkt dafür gefunden und nehme Ihn ab, dass er mit dem Mord an Dalmer nichts zu tun hat. Aufgefallen ist mir sowohl bei meinem Gespräch mit Manfred Spindler, dem Leiter des THW, als auch bei der Befragung von Clemens Heinrich der Name Ingo Kolinski. Der war seitens der Bahn der Leiter der Einsatztruppe beim S-Bahnunglück 2000 und hat eng mit dem THW zusammengearbeitet. In der Folgezeit sollen sich Heinrich und Dalmer öfters mit ihm getroffen haben, obwohl er mehr als zehn Jahre älter ist."

Steffi hatte aufmerksam zugehört und fragte: „Hattest du am Sonntag nicht mit einem Ingo vom RMV zu tun?"

Lutz antwortete: „Ja, das war Ingo Kreis, mit ihm habe ich auch gestern früh gesprochen.

Na, morgen werden wir feststellen, was aus Kolinski geworden ist.

Jetzt möchte ich aber noch wissen, wie dein Tag war."

Steffi antwortete: „Heute Vormittag war ich im Gemeindebüro und habe mich offiziell als Schwangerschaftsvertretung für Heidrun beworben. Diese hatte ja schon mit dem Bürgermeister diesbezüglich gesprochen und nach dem Gespräch, das ich mit ihm hatte, scheint alles zu klappen.

Ich habe auch gesagt, dass ich nur bis Ende Januar arbeiten kann, aber dann will ja Heidrun wiederkommen.

Am Nachmittag war ich bei der Frauenärztin. Diese war sehr zufrieden und meinte, dass sich unsere Tochter, vielleicht wird es aber auch ein Sohn, prächtig entwickeln würde. Ich habe ein Ultraschallbild, darauf sieht es sehr nach einem Mädchen aus."

Steffi zeigte ihrem Mann das Bild und Lutz sagte: „Das sind ja lauter gute Nachrichten. Steffi, ich freue mich riesig. Ab März werden wir dann zu viert sein – wunderbar."

Aneinander gekuschelt schliefen die beiden dann ziemlich schnell ein.

28.

Donnerstag, 8:00 Uhr

Kriminalrat Torsten Haase hatte Lutz Waski sowie seine beiden Mitstreiterinnen Melanie Forstmann und Gisela Bernd zu sich gebeten. Er wollte über den Stand der Ermittlungen informiert werden.

Lutz Waski kam dieser Aufforderung umgehend nach und berichtete: „Die Tötung von Felix Dalmer dürfte mit sehr hoher Wahrscheinlichkeit im Zusammenhang mit dem von ihm unternommenen Erpressungsversuch stehen. Wir haben uns daher vorrangig den Fragen zugewandt: *Wen* wollte Dalmer erpressen? *Womit* sollte das geschehen?

Da dieses *Womit* mindestens zwanzig Jahre zurückliegen dürfte, wenn man dem Hinweis auf die Verjährung im Erpresserschreiben Glauben schenkt, haben wir das Leben und die Kontakte von Felix Dalmer in jener Zeit unter die Lupe genommen. Über meinen diesbezüglichen Besuch beim THW in Mainz hatte ich ja schon berichtet. Der vor Kommissarin Forstmann geflüchtete Clemens Heinrich konnte inzwischen festgenommen werden.

Die Kollegen vom K 34 haben gestern Abend ein illegales Drogenlabor, in dem der Gesuchte am Wirken war, ausgehoben. Ich war dabei und habe Clemens Heinrich noch am Abend ausführlich befragt. Er zeigte sich kooperativ, hatte auf anwaltlichen Beistand verzichtet und beantwortete alle meine Fragen ohne Zögern. Die Nachricht, dass seine beiden ehemaligen Freunde, also Obermann und Dalmer, tot sind, hat ihn offensichtlich erschüttert. Er müsste schon ein sehr guter Schauspieler sein, wenn er mit dem Tod eines der beiden etwas zu tun hätte. Die Befragung von Clemens Heinrich hat uns also nicht weiter gebracht. Allerdings ist dabei und auch bei meinem Gespräch in Mainz der Name Ingo Kolinski aufgetaucht. Zu ihm sollen Dalmer und Heinrich ab dem S-Bahnunglück im Januar 2000 engen Kontakt gehabt haben. Wir müssen uns daher auch mit Kolinski unterhalten. Anfang 2000 hatte er eine leitende Funktion beim RMW.

Mit Hochdruck sollten wir die Unterlagen von den Überfällen auf die Tankstelle in Groß-Umstadt im Dezember 1999 und auf den Geldtransporter im Juni 2000 sichten und hoffen, dass wir dabei auf eine heiße Spur stoßen."

Kriminalrat Haase bedankte sich und meinte, dass man gute Arbeit geleistet hätte, wenngleich ein Durchbruch noch ausstehen würde. Dann sagte er weiter: „Wir können uns auf die Sache mit dem Geldtransporter konzentrieren. Vor einer reichlichen Stunde habe ich eine Mitteilung vom LKA erhalten. Die Pistole, die wir bei Dalmer gefunden haben, ist identisch mit der Waffe, die bei dem Überfall in Eppertshausen am 14. 7. 2000 auf den Geldtransporter benutzt wurde. Das hat der Abgleich mit den damals sichergestellten Projektilen eindeutig ergeben.

In diesen Wein muss ich aber Wasser gießen. Im LKA konnte man zwar die Seriennummer der Pistole wieder sichtbar machen, aber diese Waffe ist dort nicht registriert. Die Daten wurden an das BKA weitergeleitet.

Erfreuliches gibt es aber von unserer KTU zu vermelden. Hauptkommissar Goebel und seine Mitarbeiter waren fleißig und erfolgreich. In Münster-Breitefeld haben sie unweit von der Stelle, an der der tote Felix Dalmer lag, in etwa 50 cm Tiefe die drei Geldbehälter gefunden, die bei dem Überfall geraubt worden waren. Sie waren leer und lagen mindestens 15 Jahre unberührt dort. Fingerabdrücke oder DNA-Spuren konnten zwar nicht gefunden werden, aber der Zusammenhang zwischen dem Erpressungsversuch von Dalmer, der mit seinem Tod geendet hat, und den Überfall auf den Geldtransporter ist damit ein weiteres Mal bestätigt.

In dem zwanzig Jahre alten und bisher ungelösten Fall liegt also der Schlüssel für unsere aktuellen Ermittlungen. Ich habe meinen Freund, Kriminalrat a.D. Karlheinz Schwarz angerufen. Er war damals Chef der MUK und hat die Ermittlungen geleitet. Karlheinz will uns gern unterstützen und wird so gegen 9:30 Uhr hier sein. Ferner habe ich Hauptkommissar Norbert Prasse gebeten, zu kommen. Norbert leitet jetzt unsere Abteilung Raubstraftaten und war damals als Oberkommissar in die Ermittlungen eingebunden. Ich denke, wenn wir zusammen diesen alten Fall analysieren und dabei die Erinnerungen der Kollegen nutzen, die unmittelbar an der Untersuchung beteiligt waren, ist das vielleicht ergiebiger als bloßes Aktenstudium.

Also, wenn alle einverstanden sind, treffen wir uns 9:30 Uhr wieder hier.“

Kommissar Waski wandte ein: „Ich hielte es für gut, wenn Kommissarin Forstmann an dieser Beratung nicht teilnehmen würde. Sie sollte sich bei der Leitung des RMV über Ingo Kolinski informieren. Einen leitenden Mitarbeiter des RMV mit dem Vornamen Ingo, nämlich Ingo Kreis, haben wir ja schon kennengelernt.“

Torsten Haase fand das vernünftig und beendete die Beratung.

29.

Donnerstag, 9:15 Uhr

Kriminalrat a.D. Karlheinz Schwarz war in sein ehemaliges Arbeitszimmer, in dem er als Leiter der MUK bis Ende 2018 seinen Schreibtisch hatte, gekommen.

Jetzt hatten dort Lutz Waski und Melanie Forstmann ihre Arbeitsplätze. Von beiden wurde er herzlich begrüßt.

Er schüttelte Lutz die Hand, umarmte Melanie und sagte: „Nachdem ich Euch helfen konnte, den Mord an der behinderten Marion Greiner aufzuklären[2], – mein Gott, das ist ja nun auch schon fast anderthalb Jahre her – ergibt sich nun vielleicht die Möglichkeit, einen weiteren alten Fall abzuschließen. Ich bin jedenfalls gern dabei."

Kommissar Waski antwortete: „Karlheinz, wir haben uns ja in der Zwischenzeit ein paarmal getroffen und zusammen mit meinem Schwiegervater manche Runde Skat gespielt. Das letzte Mal liegt allerdings schon ein Weilchen zurück. Umso mehr freue ich mich, Sie wieder einmal bei unseren Ermittlungen mit an Bord zu haben. Melanie wird das genauso sehen."

---

[2] siehe: Günter Fanghänel: Die Tote im Abteiwald.   BoD 2019 ISBN 9783739249032

Diese nahm das Wort: „Natürlich freue ich mich über solch kompetente Unterstützung und mir hat, ich denke Karlheinz, Sie wissen das, die Zusammenarbeit mit Ihnen immer große Freude gemacht und ich habe viel von Ihnen lernen können. Aber, wie geht es Ihnen privat? Wie bekommt Ihnen der Ruhestand?"

„Ach, wisst ihr, manchmal ist es doch nicht so einfach", lautete die Antwort. „Es ist ja nun schon vier Jahre her, dass meine Frau gestorben ist. Wir waren mehr als vierzig Jahre glücklich verheiratet und ich vermisse sie sehr.
Meine Tochter und ihr Mann kümmern sich rührend um mich und die beiden Enkel machen mir viel Freude. Der Große geht nun schon in die zweite Klasse und die Kleine in die Kita. Beide haben ihre eigene kleine Welt um sich. In den vergangenen Wochen, während der Corona-Krise war es aber gut, dass ich mit im Hause wohne. So konnte ich meinen Schwiegersohn und meine Tochter, die eine Halbtagsstelle hat, bei ihren wechselseitigem Homeoffice gut unterstützen. Die Arbeiten in Haus und Garten sorgen auch für Abwechslung, aber manchmal fällt einem doch die Decke auf den Kopf. Dennoch bin ich zufrieden, freue mich aber, wieder einmal etwas Kriminalarbeit übernehmen zu können.

Nun lasst uns aber rüber zu Torsten gehen, der wird schon warten."

Melanie Forstmann wandte ein: „Ich werde euch nicht begleiten, sondern mich zur Zentrale des RMV nach Frankfurt in Bewegung setzten, um Näheres über Ingo Kolinski in Erfahrung zu bringen."

Als dann Schwarz und Waski ins Zimmer des Kriminalrates kamen, saß dieser schon zusammen mit Gisela Bernd und Norbert Prasse an dem großen runden Tisch, den Torsten Haase immer für Beratungen nutzte. Er mochte nicht gern hinter seinem Schreibtisch thronen und den Chef herauskehren. Frau Schreiber hatte eine Kanne Kaffee und Tassen bereitgestellt und Gisela Bernd goss ein.

Die drei neu Angekommenen nahmen Platz und nachdem alle einen Schluck getrunken hatten, forderte der Kriminalrat Lutz Waski auf, die Leitung der Beratung zu übernehmen. Dieser ergriff das Wort: „Wir gehen wohl alle davon aus, dass der Schlüssel für unseren aktuellen Fall in der alten Geschichte von dem Überfall auf den Geldtransporter liegt. Felix Dalmer wird einer der Täter von damals gewesen sein. Der andere – vielleicht waren es auch mehrere, ich glaube aber, es war nur einer – hat geschossen und wird nun erpresst. Der Überfall ist verjährt, die Tötung des Geldboten aber nicht. Der Täter von damals hat nun versucht, seinen Erpresser loszuwerden. Der Anschlag mit dem Gift ist fehlgeschlagen, weil Dalmer und Obermann kurzfristig den Dienst getauscht hatten, was dem Täter offenbar entgangen war. Obermann ist also – so makaber das auch klingen mag – aus Versehen gestorben. Wir müssen also den alten Fall lösen und ermitteln, wer außer Dalmer noch beteiligt war.

Gisela, Sie haben die Akten dieses Überfalls gründlich studiert. Erläutern Sie uns doch bitte, was wir von dieser Geschichte wissen.‟

Die junge Kriminalistin war etwas aufgeregt, legte dann aber wohlgeordnet folgende Fakten dar:

Am Freitag, den 14. Juli 2000 um 18:10 Uhr hielt ein Geldtransporter mit der Aufschrift SECTRANS am Nebeneingang des MINIMAL-Supermarktes in Eppertshausen. Dieser befand sich, wenn man von Oberroden kommt, im ersten Gebäude nach dem Ortseingangsschild auf der rechten Seite. Heute ist in dem Gebäude eine Spielhalle.

Die Firma *Securiti-Transporte* (SECTRANS), eine GmbH, war spezialisiert auf Geldtransporte und hat regelmäßig die Tageseinnahmen großer Geschäfte im südlichen Rhein-Main-Gebiet abgeholt. An diesem Freitag war der Transporter mit zwei Personen besetzt. Am Steuer saß die vierundzwanzig Jahre alte Frau

Jana Rother, der Beifahrer war der fünfundfünfzigjährige Gernot Dreikorn.

Dieser öffnete den Laderaum des Transporters und entnahm einen leeren Geldkoffer. Nachdem er das Fahrzeug wieder verriegelt hatte, ging er zum Hintereingang des Supermarktes, wo er schon erwartet wurde. Zum Transport des Geldes wurden stählerne Behälter verwendet, die in Größe und Form Pilotenkoffern entsprachen. Die Geldbehälter waren mit Zahlenschlössern gesichert, deren Kombination vom Kassierer des Supermarktes jedes Mal neu eingestellt wurde. Diese Zahlenfolgen wurde der Bank mitgeteilt, wenn die Geldkoffer dort eingetroffen waren.

Nachdem an jenem Freitag die Tageseinnahmen vom Kassierer im Beisein einer zweiten Person, die das Geld ebenfalls gezählt hatte, im Koffer verstaut waren, ging Gernot Dreikorn damit zum Transporter. Bis dahin verlief alles routinemäßig und hat etwa fünfzehn Minuten gedauert.

In dieser Zeit hatte – auch routinemäßig – Frau Rother von ihrem Platz aus die Umgebung beobachtet. Eine Kamera zeigte auch das Geschehen hinter dem Fahrzeug. Sie hat nichts Auffälliges feststellen können, auf dem kleinen Parkplatz standen lediglich vier PKW.

Darunter war ein silberfarbener Opel-Astra-Kombi. Dieser fuhr plötzlich an und hielt unmittelbar neben Dreikorn, der gerade hintere Tür geöffnet hatte, um den Geldkoffer einzuladen. Aus der Beifahrertür des Opel sprang ein mit einer schwarzen Kapuze maskierter Mann, hielt den Geldboten eine Pistole vor das Gesicht und zwang diesen, den Geldkoffer in den Kofferraum des Kombis zu legen. Anschließend zwang er sein Opfer, noch zwei weitere Geldkoffer von dem geöffneten Geldtransporter in den Kombi umzuladen. Alles schien schon beendet, als der maskierte Räuber unvermittelt drei Schüsse aus unmittelbarer Nähe auf Gernot Dreikorn abgab, ohne dass dieser durch irgendeine Bewegung einen Anlass dafür gegeben hätte.

Danach schloss der Räuber die Heckklappe des Kombis, stieg ein und das Auto fuhr in Richtung Oberroden davon.

Das Ganze hatte keine fünf Minuten gedauert.

Frau Rother hatte mit Entsetzen das Geschehen hinter dem Auto verfolgt und erlitt einen Schock. Dennoch hatte sie sofort den entsprechenden Knopf in ihrem Cockpit gedrückt, wodurch in der Zentrale der Firma Alarm ausgelöst wurde. Da dort über GPS der Standort des Geldtransporter bekannt war, wurden die nächstgelegen Polizeistationen, das waren die in Dieburg und in Urberach alarmiert. Bevor Frau Rother zu ihren Kollegen rannte, hatte sie noch über Funk den Überfall gemeldet, einen

Notarzt angefordert und das Fluchtauto beschrieben. Es trug ein Darmstädter Kennzeichen. Dann versuchte sie, ihrem verletzten Kollegen zu helfen.

Krankenwagen und Notarzt waren 18:34 Uhr, acht Minuten nach dem Überfall, zur Stelle. Der erste Streifenwagen kam unmittelbar danach, ein zweiter nur wenige Minuten später. Der Notarzt konnte nur noch den Tod von Gernot Dreikorn feststellen.

Die sofort eingeleitete Ringfahndung nach dem Opel-Kombi brachte keinen Erfolg, das Auto blieb vorerst verschwunden.

Gisela Bernd kam zum Ende ihres Vortrages: „Die weiteren Ermittlungen wurden von der RKI Darmstadt, also von uns, übernommen. In den Unterlagen gibt es ausführliche Protokolle und Aktennotizen der MUK, die von Ihnen, Herr Kriminalrat Schwarz, gegengezeichnet sind. Außerdem existieren zahlreiche Aufzeichnungen und Protokolle der Abteilung Raubstraftaten. Ich denke, es wäre sinnvoll, wenn die damaligen Ermittlungen von den anwesenden Kollegen Schwarz und Prasse beschrieben würden. Dies ist meines Erachtens besser, als dass wir anderen uns mühsam aus den alten Akten ein Bild machen müssen."

Damit beendete die junge Polizistin ihre Ausführungen.

Kriminalrat Haase bedankte sich bei Kommissaranwärterin Bernd für ihre gute, knappe, aber übersichtliche Schilderung des Überfalls und zeigte sich sehr einverstanden mit dem Vorschlag, dass die Kollegen Prasse und Schwarz das damalige Geschehen darlegen sollten. Zuvor ordnete er eine zehnminütige Pause an.

30.

Kriminalrat Haase war zum Polizeioberrat Werner Schütz, dem Leiter der RKI Darmstadt, gerufen worden. Die übriggebliebenen vier Kriminalisten hatten sich in das kleine Beratungszimmer des Kommissariats K 10 zurückgezogen.

Hauptkommissar Norbert Prasse, der Leiter der Abteilung Raubstraftaten, hatte die umfangreichen Akten des Überfalls auf den Geldtransporter vor sich liegen und sagte: „Kollegin Bernd hat das damalige Geschehen deutlich geschildert. Ich war am 1. Juli 2000 als frischgebackener Oberkommissar neu zur Abteilung Raubstraftaten gekommen und kann mich an den Fall noch sehr gut erinnern. Wir und die Kollegen der Abteilung Gewaltverbrechen unter Leitung von Karlheinz sowie die Spusi waren damals recht schnell vor Ort. Auch die Fahndung nach dem silbergrauen Opel-Astra-Kombi war unmittelbar nach Eingang des Alarms angelaufen. Eine Ringfahndung rund um Eppertshausen stand 18:50 Uhr, also 20 Minuten nach dem Überfall. Über die regionalen Rundfunksender wurde die Bevölkerung um Mithilfe gebeten. In der Hessenschau des HR um 19:30 Uhr wurde ebenfalls ein Aufruf gesendet.

Das alles war vergebens. Die Täter und das Fluchtauto blieben verschwunden. Die polizeilichen Kennzeichen waren gefälscht. Die Originale gehörten zu einem LKW-Anhänger, der im Gewerbegebiet Sprendlingen stand.

Die weiteren Ermittlungen ergaben, dass die Täter insgesamt 223.000 D-Mark, den Euro gibt es ja erst seit 2002, erbeutet hatten.

Am Nachmittag des 16. Juli, das war der Sonntag nach dem Überfall, ist dann der gesuchte Opel einer Polizeistreife am Bahnhof in Münster aufgefallen, wo er mit seinen echten Kennzeichen stand. Sein Besitzer hatte das Fahrzeug am Freitag 20:00 Uhr als gestohlen gemeldet. Er hatte dieses am gleichen Tag kurz vor 8:00 Uhr am Bahnhof in Dieburg abgestellt und war, wie fast jeden Tag, mit dem Zug zur Arbeit gefahren. Als er am Abend zurückkam, war das Auto weg.

Das Fahrzeug wurde selbstverständlich zu unserer KTU gebracht und gründlich untersucht. Im Kofferraum fand man Metallabrieb, der den Geldkoffern zugeordnet werden konnte. Man hatte also das Täterfahrzeug. Die weitere Untersuchung war eine Sisyphusarbeit. Es galt, eine Vielzahl von Fingerabdrücken und DNA-Spuren zu sichern und mit denen abzugleichen, die die rechtmäßigen Insassen hinterlassen hatten.

Die Ausbeute dieser Arbeiten war gering. Übrig blieben zwei blonde Haare von der Kopfstütze des Fahrersitzes und ein schwarzes Haar von der Kopfstütze des Beifahrersitzes. Die jeweilige DNA wurde gesichert, aber keine der beiden war in der Datenbank des LKA oder der des BKA erfasst.

Allerdings können wir die Täter, wenn wir sie denn haben, mit Hilfe dieser Daten überführen. Es sollte mich übrigens nicht wundern, wenn die blonden Haare von Felix Dalmer stammten. Von der Beute fehlte jede Spur. Die Geldscheine waren nicht registriert und keiner unserer sogenannten Stammkunden ist durch *plötzlichen Reichtum* aufgefallen. Auch die Geldkoffer blieben verschwunden, zumindest bis gestern.

Wir haben auch versucht, den Tathergang zu rekonstruieren. Zunächst verlief das Abholen des Geldes völlig normal. Der Hauptkassierer des Supermarktes hatte im Beisein einer Kollegin das Geld, hier bei MINIMAL waren es 63.000 D-Mark, in dem Geldkoffer verstaut und das Zahlenschloss neu eingestellt.

Gernot Dreikorn hatte sich verabschiedet und den Raum verlassen. Von dem Überfall hatten die beiden Angestellten des Supermarktes erst etwas mitbekommen, als sie draußen Schüsse hörten.

Sie gingen vor die Tür, sahen einen silbergrauen PKW-Kombi davonfahren und eine Person hinter dem Geldtransporter auf dem Boden liegen. Jana Rother kniete neben ihrem Kollegen und versuchte mit der Hand das aus seiner Brust quellende Blut zu stillen.

Sie rief: „Notarzt, Polizei und Zentrale sind verständigt. Schnell! Holt Verbandszeug! Bei mir unter dem Fahrersitz."

Der Kassierer lief zum Geldtransporter und kam gleich mit einem Ersten-Hilfe-Koffer zurück. Er riss mehrere Kompressen auf und gab sie Frau Rother. Seine Kollegin war ins Haus gerannt und kam auch mit einem Verbandskasten zurück. Dann waren aber auch schon Krankenwagen und Polizei zur Stelle.

Den Ablauf des ganzen Geschehens hatte Frau Rother ausführlich beschrieben und Kollegin Bernd hat dies eben gut referiert.

Ich habe noch zweierlei zu bemerken:

Erstens: Es gab keine weiteren Zeugen. Der Supermarkt hatte pünktlich um 18:00 Uhr geschlossen und Passanten waren nicht in der Nähe gewesen.

Zweitens: Das Verhalten des getöteten Gernot Dreikorn erschien uns etwas seltsam. Er hatte den Geldkoffer, den er in der Hand hielt, bereitwillig übergeben und auch die zwei Geldkoffer aus dem Transporter unverzüglich ausgehändigt, als ob er nur darauf gewartet hätte, sie herausgeben zu dürfen. Mag sein, ich tue ihm hier Unrecht, schließlich wurde er ernsthaft bedroht, aber eine etwas zögerlichere Haltung hätte man von so einem erfahrenen Mann doch erwarten können. Denn, dass Frau Rother Alarm auslösen würde, konnte er sich doch denken.

Wir haben uns auch gefragt, woher die Täter wussten, dass am 14. Juli die Einnahmen von Minimal Eppertshausen kurz nach 18:00 Uhr abgeholt würden. In der Zentrale von SECTRANS hatten wir erfahren, dass die Einsatzpläne und Fahrtrouten der einzelnen Fahrzeuge erst relativ kurzfristig bekannt gegeben würden. Verantwortlich dafür war Gernot Dreikorn, der zum Führungsteam der Firma gehört hatte. Seine Kollegin Rother war die Nichte des Chefs und erst seit kurzem für ein Praktikum eingestellt worden. Die Tour am 14. Juli war erst ihr dritter Einsatz als Fahrerin eines Geldtransporters. Sie hat sich aber korrekt und sehr besonnen verhalten. Unsere Recherchen in der Firma haben keinen Anhaltspunkt dafür ergeben, dass die Räuber von dort Informationen erhalten haben könnten. Entweder haben diese über einen längeren Zeitraum die Geldtransporte von SECTRANS beobachtet oder doch einen Informanten, vielleicht auch bei der Bank, gehabt. Aber auch diese Spur verlief im Sand. Blieb Gernot Dreikorn selbst. Aber dazu wird uns Karlheinz sicher Genaueres sagen können."

Kriminalrat a.D. Karlheinz Schwarz begann: „Gernot Dreikorn konnten wir ja nicht befragen. Er wurde an Ort und Stelle erschossen, man könnte beinah sagen: Hingerichtet. Die gerichtsmedizinische Untersuchung ergab, dass drei Schüsse auf ihn abgegeben wurden. Zwei in die Brust, wovon einer das Herz traf und tödlich war. Dreikorn trug keine Schutzweste. Ein dritter Schuss wurde auf den wohl schon am Boden Liegenden abgefeuert. Hierbei handelte es sich um einen Kopfschuss mit aufgesetzter Waffe, womit offenbar wurde, dass Dreikorn mit voller Absicht getötet wurde.

Wir fragten uns natürlich: Warum?

Eine Theorie, der ich nach wie vor eine hohe Wahrscheinlichkeit zubillige, lautete: Dreikorn war an der Planung des Überfalls beteiligt und wurde als Mitwisser und Forderer eines Beuteanteils beseitigt.

Wir haben uns daraufhin eingehend mit seiner Person beschäftigt.

Gernot Dreikorn war zum Zeitpunkt seines Todes 55 Jahre alt. 1990 war er von Berlin nach Dreieich gezogen und bewohnte seitdem eine Zweizimmerwohnung in Götzenhein. Er war alleinstehend. Die Firma SECTRANS, wurde im Januar 1991 gegründet, Dreikorn war einer der Gesellschafter.

In Berlin war er bis zur Wende 1989 Mitarbeiter des Ministeriums für Staatssicherheit der DDR

179

und dort in der für Auslandsspionage zuständigen HVA tätig, zuletzt im Range eines Majors. Ein Ermittlungsverfahren, das 1990 gegen ihn lief, wurde relativ rasch eingestellt. Über seine Tätigkeit bei der Stasi hatte er keinerlei Aussagen gemacht und persönliche Schuld konnte ihm nicht nachgewiesen werden.

Über sein Leben in der DDR konnten wir nur wenig in Erfahrung bringen. Er war nicht verheiratet, aber nach einem halbjährlichen Studienaufenthalt in der damaligen Sowjetunion mit einer Russin liiert. Diese war 1988 an Krebs verstorben.

Während der zehn Jahre, die Dreikorn in Götzenhain lebte, hatte er mehrere Beziehungen zu Frauen, die aber nie von langer Dauer waren. Er hatte auch einige ausgedehnte Urlaubsreisen, darunter zwei Kreuzfahrten, unternommen. Jedes Mal mit einer anderen Partnerin."

Kriminalrat Schwarz beendete seine Ausführungen mit den Worten: „Wir haben uns so ausführlich mit dem Leben von Gernot Dreikorn und mit seinem Umfeld befasst, weil wir annahmen, dass es eine Spur zu dem Täter geben müsse, wenn er in dem Überfall verwickelt war. Leider war das bisher alles vergebens und erst der Mord an Dalmer führt uns nun hoffentlich zur Lösung dieses alten Falles."

Hauptkommissar Waski fasste zusammen: „Wir suchen eine Person, die für den Tod von drei Menschen verantwortlich ist, nämlich Friedhelm Obermann, Felix Dalmer und natürlich Gernot Dreikorn. Zu den beiden letzteren muss sie zumindest im ersten Halbjahr 2000 engeren Kontakt gehabt haben.

Hier müssen wir ansetzen. Auch sollten wir vielleicht einen Profiler zu Rate ziehen. Ich denke, wir haben es mit einem Täter, also einem Mann, zu tun, Ein psychologisch geschulter Experte kann uns vielleicht mehr sagen. Ich werde diesbezüglich nachher gleich mit dem Chef sprechen. Jetzt sollten wir erst einmal Mittagspause machen. Wir treffen uns 13:00 Uhr wieder hier."

31.

Donnerstag, 13:00 Uhr

Die Runde der Kriminalisten, also Karlheinz Schwarz, Norbert Prasse, Lutz Waski und Gisela Bernd, hatte sich wieder im kleinen Beratungsraum des Kommissariats K 10 zusammengefunden. Hinzugekommen war Hauptkommissarin Melanie Forstmann. Diese wollte gerade von dem Ergebnis ihrer Recherchen beim RMV berichten, als Kriminalrat Torsten Haase den Raum betrat.

Es gibt Neuigkeiten, begann er: „Es geht um die Pistole, mit der Felix Dalmer getötet wurde. Die Kollegen vom LKA hatten, wie ihr wisst, die Seriennummer dieser Makarow sichtbar gemacht, haben diese aber nicht in ihrer Datenbank. Nun haben wir eben Nachricht vom BKA erhalten. Dort konnte man mit dieser Nummer etwas anfangen. Sie stand auf einer aus dem Jahr 1986 stammenden Liste der HVA des Ministeriums für Staatssicherheit der DDR. Dort war verzeichnet, welche Waffen an welche Agenten ausgegeben wurden.

Die Pistole, um die es hier geht, hat ein OibE *Schaffner* erhalten. OibE steht für Offiziere im besonderen Einsatz und *Schaffner* ist sicher ein Deckname. Der zugehörige Klarname konnte aber nicht ermittelt werden, weil es keine Unterlagen gibt, die dies ermöglicht hätten.

Das BKA hatte dann auch ziemlich schnell weitere Ermittlungen eingestellt."

Damit beendete Torsten Haase seine Rede.

Nach einer kurzen Pause, in der jeder der Anwesenden seinen Gedanken nachhing, begann Melanie Forstmann ihren Bericht:

„Ich war bekanntlich heute Vormittag in der Hauptverwaltung des RMV, um mich über Ingo Kolinski zu erkundigen. Die Chefin der Personalabteilung wollte zuerst keine Informationen herausrücken und verlangte eine richterliche Verfügung. Als ich aber darauf hinwies, dass es um Mord und nicht um Ladendiebstahl gehen würde und dass man sie für Verzögerung von Ermittlungen verantwortlich machen könne, wurde sie kooperativ.

Ich konnte Einsicht in die Personalunterlagen von Ingo K. nehmen. Was da zu gelesen war, ist meines Erachtens sehr interessant. Ich habe die wichtigsten Fakten hier einmal zusammengestellt."

Damit projizierte sie folgendes Bild:

Ingo K.

geboren 21.4. 1957 in Zittau;

dort Schulbesuch und Abitur 1976;

1977 bis 1982 Studium in Dresden an der Hochschule für Verkehrswesen (HfV), in der

183

Sektion *Militärisches Transport- und Nachrichtenwesen*;
Abschluss als Diplomingenieur für Eisenbahntechnik und Verkehrsplanung,
Thema der Diplomarbeit: *Strategische Verkehrsplanung in Krisenfällen*;
1982 – 1986 Mitarbeiter in der Zentrale der Deutschen Reichsbahn in Berlin, zuletzt in der Abteilung Transitverkehr;
1986 anlässlich einer Tagung der Ost-West-Transitkommission in Hannover sogenannte Republikflucht;
Ab 1986 angestellt bei der Deutschen Bundesbahn in der Zentrale in Frankfurt;
April 2000 Heirat mit Aloisia Kreis, Annahme des Namens der Frau;
Ab 1995 in leitender Position beim RMV;
Wohnadresse: Rödermark, Greizer-Str. 5.
Kommissarin Forstmann beendete ihre Ausführungen: „Ingo K. wurde nach Aussage der Personalchefin von Untergebenen und Vorgesetzten gleichermaßen geschätzt."

Hauptkommissar Waski nahm das Wort:
„Danke Melanie, für die ausführlichen Informationen. Ich denke, Ingo Kreis, geborener Kolinski, sollte uns interessieren. Er könnte der OibE *Schaffner* sein und wäre damit im Besitz der Pistole. Er kannte wahrscheinlich den ehemaligen Stasi-Major Gernot Dreikorn und

könnte mit diesem zusammen den Überfall auf den Geldtransporter inszeniert haben. Seinen Komplizen hat er erschossen, weil er dessen Beuteanteil behalten und eine mögliche Spur von Dreikorn zu ihm verschleiern wollte.

Ins Bild passt hier auch der Mord an Felix Dalmer. Weil dieser nach nunmehr zwanzig Jahren eine Erpressung versucht hat, ist er für Ingo Kreis – vorausgesetzt dieser ist unser Mann, wovon ich ausgehe, – sehr gefährlich geworden. Als OibE *Schaffner* hatte Kreis eine Agentenausbildung und hielt es für notwendig, seinen Erpresser zu beseitigen. Da er die Modalitäten der Kaffeeversorgung für die Fahrer der Dreieichbahn kannte, war es ihm leicht, das Gift in die Thermoskanne zu praktizieren. Unglückicherweise wurde Friedhelm Obermann das Opfer des Anschlags, der Felix Dalmer gegolten hatte.

Wenn meine Theorie stimmt, können wir Ingo Kreis mit Hilfe des Fingerabdruckes auf der einen, im Magazin zurückgebliebenen, Patrone sowie der DNA des schwarzen Haares vom Beifahrersitz des Fluchtautos überführen.

Wir sollten unverzüglich aufbrechen und Ingo Kreis vorläufig festnehmen."

Kriminalrat Torsten Hasse war einverstanden und ordnete an, dass Lutz Waski, Melanie Forstmann sowie die Besatzungen eines Streifenwagens die Festnahme durchführen sollen.

32.

Die Hausnummer fünf der Greizer-Str. in Oberroden, einem Ortsteil von Rödermark, gehört einem kleinen Einfamilienhaus, das in einer der Gassen innerhalb des Breidertringes liegt. Davor standen ein Streifenwagen und der Opel-Insignia mit Lutz Waski und seiner Kollegin Melanie Forstmann. Beide stiegen aus, gingen zur Haustür und betätigten die Klingel.

Im Haus rührte sich nichts.

Kommissar Waski klingelte nochmals langanhaltend und seine Kollegin lauschte an der Tür. Sie sagte: „Ich habe das Klingeln deutlich gehört, aber auch schwache Hilferufe."

Lutz Waski entschied: „Wir gehen rein!"

Er rief die zwei Kollegen aus dem Streifenwagen und bat sie, zu versuchen, ob sich die Haustür öffnen ließ. Da diese nicht abgeschlossen, sondern nur zugezogen war, konnte dies problemlos geschehen.

Vorsichtig betraten die beiden Kriminalisten und einer der Schutzpolizisten das Haus und kamen in einen langestreckten Flur, der nur durch ein Fenster über der Haustür erhellt wurde. Direkt neben dem Eingang führte eine Treppe nach unten.

Waski rief: „Hallo! Hier ist die Polizei. Ist da Jemand?"

Aus dem Keller ertönte es: „Hilfe, ich bin hier unten. Ich bin gestürzt. Mir tut alles weh. Bitte helfen sie mir."

Waski betätigte einige Lichtschalter. Im Flur und auf der Kellertreppe wurde es hell. Am Fuß der Treppe lag eine Frau. Waski und Forstmann eilten nach unten.

„Sind Sie Aloisia Kreis? Was ist passiert? Wo ist ihr Mann?" fragte Melanie Forstmann.

„Ja, ich bin Aloisia", lautete die Antwort. „Nach dem Mittagessen wollte ich in den Keller gehen und bin auf der vorletzten Stufe gestürzt. Seitdem liege ich hier, kann mich nicht bewegen und habe ganz starke Schmerzen auf der linken Seite. Ingo ist heute früh zu seiner Mutter gefahren, er will am Sonntag wiederkommen."

Lutz Waski hatte inzwischen den Notarzt und einen Krankenwagen gerufen. Außerdem hatte er sich bei der Streifenwagenbesatzung bedankt und diese entlassen.

Es waren etwa zehn Minuten vergangen, als nahezu gleichzeitig Notarzt und Krankenwagen eintrafen. Der Arzt diagnostizierte einen Oberschenkelhalsbruch und meinte, dieser müsse umgehend operiert werden. Er untersuchte Frau Kreis kurz und stellte fest, dass

Blutdruck und Herztätigkeit zufriedenstellend seien. Die Patientin erhielt gegen ihre Schmerzen eine Infusion. Danach telefonierte der Arzt kurz und entschied, dass Frau Kreis in die Asklepios-Klinik Langen zu bringen sei.

Die Sanitäter hatten inzwischen beraten, wie sie den Transport bewerkstelligen wollten. Eine normale Trage schied wegen der engen Treppe aus. Sie holten also eine aufblasbare Trage, legten Frau Kreis vorsichtig darauf und ließen Luft einströmen. So konnten sie schließlich die Kranke, bei der das Schmerzmittel zu wirken begann, nach oben und in den Krankenwagen bringen.

Der Notarzt hatte Frau Kreis, die die ganze Zeit über ansprechbar geblieben war, gute Besserung gewünscht und sich verabschiedet.

Bevor der Krankenwagen losfuhr, wandte sich Lutz Waski nochmals an die Patientin: „Frau Kreis, ich wünsche Ihnen natürlich eine gute und rasche Genesung. Ich muss Sie aber noch fragen, wie wir Ihren Mann möglichst schnell erreichen können. Wegen ihm sind wir nämlich überhaupt hergekommen, was für Sie ein Glücksfall gewesen sein dürfte. Sicher sind Sie einverstanden, dass wir uns im Haus noch etwas umsehen. Wir schließen dann ab und meine Kollegin wird Ihnen heute am Abend oder spätesten morgen früh den Schlüssel ins Krankenhaus bringen."

188

Frau Kreis nickte und sagte: "Mein Mann ist zu seiner Mutter nach Triptis gefahren. Er hat mir für den Notfall einen Zettel gegeben, da sind ihre Adresse und Telefonnummer drauf, auch die Handynummer von Ingo. Der Zettel liegt im Küchenschrank unter der Zuckerdose. Ingo hat zwar gesagt, den soll ich Niemandem geben, aber bei der Polizei ist das doch etwas anderes."
Der Kommissar verabschiedete sich von Frau Kreis mit nochmaligen allen guten Wünschen und holte den Zettel aus der Küche. Er las ihn und wunderte sich über den Ortsnamen Triptis, er hätte Zittau erwartet.

Der Krankenwagen war davongefahren und Lutz sagte zu seiner Kollegin: „Melanie, bei all dem Trubel hier sollten wir nicht vergessen, dass wir hier sind, um einen vermutlichen Mörder festzunehmen. Es scheint, der Vogel ist ausgeflogen. Wir wollen uns rasch hier umsehen und dann müssen wir wohl die Fahndung nach Ingo Kreis einleiten."
Melanie Forstmann nickte und beide gingen ans Werk. Lutz nahm sich die rechts liegenden Räume vor, das waren Bad, Küche und Schlafzimmer. Melanie ging nach links in ein relativ großes Wohnzimmer, dem ein kleines Arbeitszimmer angegliedert war.
Nach kurzer Zeit hatten sie ihre grobe Inspektion beendet, ohne etwas Aufregendes gefun-

den zu haben. Lutz hatte aus dem Bad einen benutzten Elektrorasierer und die blaue Zahnbürste eingepackt. Die andere war rot und man hoffte, diejenige des Mannes erwischt zu haben. „Das müsste für eine DNA-Analyse reichen", meinte er.

„Das denke ich auch", antwortete Melanie, „Ich habe aus dem Arbeitszimmer einen Locher und eine Metallschachtel mit Stiften eingepackt. Auf beiden sind deutliche Fingerabdrücke zu erkennen. Einen PC oder Laptop habe ich vergeblich gesucht."

Lutz bemerkte: „Zu denken gibt mir der Zettel aus der Küche.

Hier steht der Name Johanna Peipp sowie eine Telefonnummer mit der Vorwahl 036482 und die Adresse: Marktstraße 2, 07819 Triptis.

Triptis liegt nahe bei Gera und ich war lange genug dort, um sicher zu sein, dass Postleitzahl und Telefonvorwahl stimmen.[3] Der Name Peipp sagt uns aber gar nichts. Vielleicht hat die Mutter von Ingo Kreis wieder geheiratet. Ich werde nachher meinen früheren Chef Kriminalrat Günter Schreiber, den Leiter der MUK Gera, anrufen und ihm den Fall schildern. Dabei will ich ihn bitten, ein paar Leute nach Triptis zu schicken. Vielleicht können diese

---

[3] siehe: Günter Fanghänel: Die Tote in Kabine 8032; BoD 2016; ISBN 9783893147641

dort Ingo Kreis festnehmen. Ich fürchte aber, so einfach wird es nicht werden."

Damit verließen die beiden Kriminalisten das Haus, schlossen sorgfältig ab und brachten sicherheitshalber ein Polizeisiegel an. Danach stiegen sie in ihr Auto und fuhren zurück ins Präsidium nach Darmstadt.

33.

Donnerstag, 16:30 Uhr

In der Darmstädter Dienststelle hatten Hauptkommissar Lutz Waski und seine Kollegin, Hauptkommissarin Melanie Forstmann, den Leiter des Kommissariats K 10, Kriminalrat Torsten Haase, von dem Geschehen im Haus des Ehepaares Kreis ausführlich berichtet.
Die Fahndung nach Ingo Kreis war angelaufen und die sichergestellten Utensilien befanden sich zur Auswertung bei der KTU.
Sobald Übereistimmungen mit dem Fingerabdruck auf der Patronenhülse bzw. der DNA des im damaligen Fluchtauto gefundenen schwarzen Haares festgestellt würden, wollte man einen Haftbefehl erwirken.
Bevor für die drei Kriminalisten Feierabend angesagt war, hatte Lutz Waski noch mit Kriminalrat Günter Schreiber in Gera telefoniert. Er hatte diesen ausführlich über den Stand der laufenden Ermittlungen informiert und ihn gebeten, bei Johanna Peipp in Triptis – die Adresse hatte er natürlich durchgegeben – Erkundigungen über ihren Sohn einholen zu lassen. Falls man diesen antreffen würde, wäre er festzunehmen. Man solle aber bedachtsam vorgehen, um für den Fall, dass Ingo Kreis nicht

bei seiner Mutter wäre, diesen nicht auf-
zuscheuchen.

Kriminalrat Schreiber versprach, sich der Sache
anzunehmen und nachdem noch einige
persönliche Worte gewechselt worden waren,
wurde aufgelegt.

Die Uhr zeigte dann halb sieben und Lutz
Waski kam ausnahmsweise einmal pünktlich
nach Hause.

Er war kaum aus dem Auto gestiegen, als ihm
auch schon sein Sohn Tobias entgegenlief.
Dieser plapperte munter drauf los und erzählte,
dass er mit Oma auf dem Spielplatz gewesen
war und dass er am Gruber-Platz ein großes Eis
bekommen habe.

Steffi stand in der Haustür und lachte. Lutz
nahm den Kleinen auf den Arm, ging zu seiner
Frau und begrüßte sie mit einem zärtlichen
Kuss.

„Es gibt gleich Essen", sagte Steffi. „Mama hat
für uns alle gekocht und der Tisch ist schon
gedeckt."

„Ich gehe nur schnell nach oben und mache
mich ein bisschen frisch", antwortete Lutz.

„Was gibt es denn Leckeres?"

„Lass dich überraschen", lautete die Antwort.
„Wir gehen schon einmal ins Esszimmer."

Die Familie saß zu Tisch und ließ es sich
schmecken. Nach einer leichten Gemüsesuppe

wurde Sauerbraten mit Thüringer Klößen serviert. Werner Bremer, der Vater von Steffi, lobte: „Lilo, da hast du dich ja wieder einmal selbst übertroffen."

„Diesem Lob kann ich mich nur anschließen", meinte Lutz. „Wenn man tagsüber kaum dazu kommt, vernünftig zu essen, tut es gut, am Abend so vorzüglich bewirtet zu werden."

„Ich will aber noch Pudding", meldete sich Tobias, der seinen Teller brav leergegessen hatte, zu Wort.

„*Will* sagt man aber nicht", wurde er von seiner Mutter zurechtgewiesen.

„Kann ich bitte Pudding haben?" sagte darauf der Kleine.

„Natürlich mein Schatz", antwortete lachend seine Oma und holte Nachtisch für alle, Vanillepudding mit Kirschen.

„Einen Espresso können wir dann nachher nebenan trinken. Wir sind schon gespannt, was Lutz zu seinem aktuellen Fall sagen kann."

Steffi hatte ihren Sohn ins Bett gebracht und war mit dem Babyfon in der Hand wieder nach unten gekommen. Die vier Erwachsenen saßen im Wohnzimmer und sahen Lutz erwartungsvoll an.

Dieser begann: „Ich glaube, die Lösung für die ganze Geschichte ist sehr nah. Viel kann ich noch nicht sagen, aber die Morde an den beiden

Lokführern hängen mit einem Fall zusammen, der sich hier in Eppertshausen zugetragen hat. Ihr" – und dabei sah er seine Schwiegereltern an – „könnt euch sicher an den Überfall auf den Geldtransporter erinnern, bei dem im Juli 2000 ein Geldbote vor dem damaligen MINIMAL–Supermarkt erschossen wurde. Der Täter von damals dürfte auch der Mörder von Obermann und Dalmer sein. Wir hoffen, ihn noch heute oder spätestens morgen festnehmen zu können. Nach unseren Informationen hält er sich derzeit im Raum Gera auf. Die Kollegen dort sind informiert. Ich hoffe, dass unser ehemaliger Chef bald hier anruft."

Dann wollte Lutz von den anderen wissen, wie ihr Tag verlaufen ist.

Werner, sein Schwiegervater meinte, er habe den ganzen Tag im Garten gewerkelt und nach dem Mittagessen ein bisschen im Internet gegoogelt. Lilo hatte im Haus geputzt und war dann mit Tobias unterwegs gewesen.

Steffi sagte: „Ich war schon im Gemeindebüro tätig. Meine Schwangerschaftsvertretung für Heidrun beginnt offiziell erst am 1, September, aber ich werde schon jetzt gebraucht. Wir haben alle Hände voll zu tun mit der Vorbereitung für die durch *Corona* verschobene Bürgermeisterwahl. Zum Glück sind die Zeiten des Homeoffice vorbei und wir können direkt zusammenarbeiten. Es wird sicher mehr Wähler geben, die von der Briefwahl Gebrauch machen, als beim letzten Mal."

„Das denke ich auch", meinte Lutz. „Aber das Ergebnis wird wohl genauso überwältigend sein, wie damals".

Um 20:00 Uhr saßen dann alle einträchtig vor dem Fernseher, um die *Tagesschau* zu sehen.

Man war noch dabei, sich über das soeben Gesehene auszutauschen, da klingelte das Telefon.

Steffi nahm ab und am anderen Ende meldete sich Kriminalrat Günter Schreiber: „Hallo Steffi, wie geht es Euch? Was macht mein Patensohn Tobi? Wie weit ist denn sein Schwesterlein?"

Steffi antwortete: „Du willst sicher Lutz sprechen, aber vorher will ich noch Deine Fragen beantworten. Uns geht es gut, wir sind alle heil durch die *Corona-Krise* gekommen und das Leben läuft fast seinen normalen Gang. Tobi schläft und sein Schwesterchen strampelt manchmal ganz schön. Im März soll sie zur Welt kommen, aber vorher wirst Du uns doch sicher nochmal besuchen?"

„Ich denke schon", lautete die Antwort, „aber jetzt muss ich tatsächlich mit Lutz reden."

Günter Schreiber berichtete dann, dass er selbst zu Johanna Peipp nach Triptis gefahren war. Ihren Sohn hatte er nicht angetroffen, aber folgendes erfahren:

Das einzige Kind von Johanna Peipp wurde am 18. September 1957 in Triptis geboren und auf den Namen Johannes Peipp getauft. Alle nannten ihn nur Jonny. Sein Vater war Rangierer bei der Eisenbahn und kam 1969 bei einem Unfall ums Leben.

Jonny hat nach Abschluss der 10. Klasse eine Lehre bei der Reichsbahn begonnen. Er wollte immer Eisenbahner werden, wie sein Vater und sein Großvater.

1976 begann seine Armeezeit. Er hatte sich freiwillig als Soldat auf Zeit verpflichtet und kam zum Wachregiment *Feliks Dzierzynski* nach Berlin

Johanna Peipp hatte dann weiter berichtet, dass sie ihren Sohn ab 1976 immer seltener gesehen habe. Er sei nur einmal im Jahr zu Besuch gekommen und auch den Kontakt zu seiner Freundin Elvira hätte er einschlafen lassen. Seine Mutter wusste von dieser Zeit nur noch, dass Jonny wohl wieder etwas mit der Eisenbahn zu tun gehabt hätte und an der Hochschule in Dresden gewesen wäre. Anfang 1981 sei er dann noch einmal kurz bei ihr gewesen und habe gesagt, dass sie wohl nun lange nichts von ihm hören würde, weil er ins Ausland ginge.

1989, gleich nach der Wende, sei dann Jonny wieder bei ihr aufgetaucht und hatte auch den Kontakt zu Elvira, die noch ledig war, wieder aufgenommen. 1994 hätten die beiden dann geheiratet. Ihr Jonny würde in Frankfurt arbeiten und käme meist nur am Wochenende nach Hause. Frau Peipp schloss ihre Aussage: „Elvira und Jonny haben eine schöne Wohnung in Gera, ich war dort schon oft zu Besuch, auch wenn Jonny nicht da war."

Lutz übernahm das Gespräch: „Also Günter, das ist ja ein Ding. Wenn Jonny Peipp und Ingo Kreis identisch sind, und davon ist wohl auszugehen, haben wir es nicht nur mit einem dreifachen Mörder, sondern auch mit einem zweifachen Ehemann, also einem Bigamisten, zu tun. Ich veranlasse gleich, dass Dir die Fingerabdrücke von Ingo Kreis übermittelt werden. Du hast doch bei seiner Mutter sicher Vergleichsexemplare sichergestellt."
„Das habe ich und diese sind auch schon bei unserer KTU", lautete die Antwort. „Ich habe auch gleich Susi (gemeint war Hauptkommissarin Susanne Feigel, eine ehemalige Kollegin von Lutz Waski) zu der Geraer Adresse, die Frau Peipp genannte hatte, geschickt. Sie hat aber niemanden erreicht. Eine Nachbarin meinte, Jonny und seine Frau hätten ins Kino gewollt. Jetzt steht eine Zivilstreife vor dem Haus. Wenn Jonny Peipp, alias Ingo Kreis, auftaucht, wird er festgenommen."

Mit der Versicherung, sich sofort zu melden, wenn dies erfolgt sei, hatte Günter Schreiber das Gespräch beendet.

Steffi und seine Schwiegereltern waren natürlich neugierig und wollten von Lutz noch erfahren, was es Neues aus Gera gäbe. Darauf sagte Lutz, dass der gesuchte Mörder unter anderem Namen in Gera leben würde und mit zwei Frauen gleichzeitig verheiratet sei.

Werner schüttelte den Kopf und meinte: „Der alte Witz, dass die größte Strafe für Bigamie die Existenz von zwei Schwiegermüttern ist, passt hier wohl nicht zur Situation, aber er fiel mir spontan ein."

„Nach Scherzen ist mir tatsächlich nicht zumute", bestätigte Lutz. „Aber ich hoffe, dass der Gesuchte bald dingfest gemacht werden kann. Wir sollten uns aber nachher ruhig schlafen legen, wenn es Neuigkeiten gibt, wird man mich schon aus Gera anrufen.

Damit sagten Steffi und Lutz *Gute Nacht* und gingen nach oben. Das Ehepaar Bremer saß noch ein Weilchen vor dem Fernseher und begab sich dann auch zur Ruhe.

34.

Freitag, 6:30 Uhr

Der Wecker klingelte und Lutz Waski griff noch schlaftrunken danach, um ihn abzustellen. Steffi räkelte sich im Bett neben ihm, rieb sich die Augen und wollte wissen, wie spät es sei.

„Halb sieben, mein Schatz", sagte Lutz und gab seiner Frau einen Kuss. „Wir müssen aufstehen, um acht will ich im Präsidium sein. Ich staune, dass Tobias noch schläft, meist meldet er sich doch um sechs."

Steffi stand auf, schaute ins Kinderzimmer und meinte: „Tobias schläft noch friedlich. Ich gehe schnell in die Küche und mache Frühstück. Du kannst inzwischen ins Bad gehen."

Es dauerte nicht lange bis Lutz seine Morgentoilette beendet hatte und in die Küche kam, wo es schon verführerisch nach Kaffee duftete. Er hatte sich gerade eine Tasse eingegossen als Tobias rief und nahezu gleichzeitig das Telefon klingelte.

Steffi gab ihm den Hörer und sagte: „Das wird sicher Gera sein. Ich verschwinde mit Tobias im Bad. Beginne du dann schon mal mit dem Frühstück." Lutz nahm das Telefongespräch an. Erwartungsgemäß war Kriminalrat Schreiber am anderen Ende der Leitung.

„Guten Morgen, Lutz", lautete die Begrüßung. „Ich hoffe, ich störe euch nicht beim Frühstück, aber wir haben heute Nacht einiges erlebt. Das Wichtigste zuerst: Ingo Kreis alias Jonny Peipp ist in Gewahrsam. Wir haben auch schon die Fingerabdrücke verglichen, es handelt sich ganz eindeutig um ein und dieselbe Person. Er ist noch im Krankenhaus und wird selbstverständlich bewacht. Da er vorerst nicht vernehmungsfähig sein dürfte, habe ich mit meinem Anruf bis jetzt gewartet. Warum sollte ich Dich unnötig aus dem Schlaf holen. Doch ich will der Reihe nach berichten."

Kommissar Waski erfuhr dann das Folgende:

Eine Zivilstreife hatte sich vor dem Haus, in dem Elvira und Jonny Peipp wohnten, postiert. Gegen 1:00 Uhr kamen die beiden mit Elviras Golf, stellten ihn vor dem Eingang ab und stiegen aus. Die beiden Beamten stiegen ebenfalls aus und gingen auf das Ehepaar zu. Als Jonny Peipp die Polizisten bemerkte, ließ er seine Frau stehen, sprang wieder ins Auto und raste davon. Die Beamten spurteten ebenfalls zu ihrem Wagen und begannen die Verfolgung. Über Funk forderten sie Unterstützung an. Farbe und Kennzeichen vom PKW Golf hatten sie durchgegeben, gleichfalls Richtung und Fahrstrecke, auf der sich dieser bewegte. Es ging Richtung Langenberg zur Autobahnauffahrt. Kurz vor dieser sah Peipp einen Streifenwagen mit eingeschaltetem Blaulicht quer vor sich, ein zweites Blaulichtfahrzeug hinter sich. Er bremste, kam ins Schleudern und prallte frontal gegen einen Laternenmast.

Die Beamten liefen zu dem verunglückten Auto. Jonny Peipp saß am Steuer, den Kopf nach vorn. Er war bewusstlos, aber am Leben. Airbag und Sicherheitsgurt hatten Schlimmeres verhütet.

Notarzt und Krankenwagen waren rasch zur Stelle gewesen. Peipp war wieder zu sich gekommen. Der Arzt hatte auf Anhieb keine schwereren Verletzungen feststellen können, aber natürlich die Einweisung ins Krankenhaus angeordnet. Zwei Beamte waren mitgefahren.

„Ich wurde so gegen 2:00 Uhr verständigt", setzte Günter Schreiber seinen Bericht fort. „Vielleicht war es unnötig, aber da ich sowieso wach war, bin ich zum Krankenhaus gefahren. Vorher hatte ich noch Susanne, die diese Nacht Bereitschaft hatte, angerufen und sie gebeten, zu Elvira Peipp zu fahren, um diese über den Unfall ihres Mannes zu informieren, vor allem aber auch, um sie über ihre Ehe zu befragen.

Susanne ist eben zum Dienst gekommen, sie kann Dir die Ergebnisse dieser Befragung anschließend gleich selbst mitteilen. Vorher noch mein Vorschlag zum weiteren Vorgehen: Heute Nacht im Krankenaus habe ich erwartungsgemäß nichts erreichen können. Man hat mich nicht mit Jonny Peipp sprechen lassen. Bevor ich bei Dir angerufen habe, hatte ich aber Kontakt zum Krankenhaus. Peipp ist nicht verletzt und kann heute Mittag entlassen werden. Ich schlage vor, wir überstellen ihn direkt zu Euch nach Darmstadt. Wenn es recht ist, würde ich gern mitkommen und übers Wochenende bei Euch bleiben, ein Besuch war ja schon lange fällig."

Lutz Waski betonte, dass er und ganz sicher auch Steffi, Tobias und die Schwiegereltern sich sehr auf den Besuch freuen würden.

Danach sprach er noch mit seiner ehemaligen Kollegin, Hauptkommissarin Susanne Feigel.

Diese war gemeinsam mit Elvira Peipp zum Krankenhaus gefahren und hatte sich auf dem Weg dorthin sowie auch danach ausführlich mit ihr unterhalten. Susanne Feigel wusste Folgendes zu berichten:

Elvira und Jonny waren Nachbarskinder, hatten schon im Sandkasten miteinander gespielt und waren auch in der Schule immer in der gleichen Klasse. Beide hatten die Schule nach der 10. Klasse mit guten Abschlusszeugnissen verlassen. Elvira begann eine Lehre als Porzellanmalerin, Jonny lernte bei der Bahn. In dieser Zeit wurde aus ihrer Freundschaft mehr und sie planten eine gemeinsame Zukunft. Jonny war aktiv in der FDJ und begeistert von den sozialistischen Ideen. Mit 18 trat er in die SED ein.

Nach der Lehre ging er zur Armee und zwar zum Wachregiment *Feliks Dzierzynski*. Erst nach der Wende hatte Elvira erfahren, dass dieses nicht der NVA, sondern dem Ministerium für Staatssicherheit unterstand.

Jony war in Berlin und die Kontakte zwischen den beiden wurden immer weniger. Elvira beklagte, dass Jonny kaum noch auf Urlaub kam und auch immer seltener schrieb. Ab 1986 hatte sie dann überhaupt nichts mehr von ihm gehört.

1990 stand er dann eines Tages plötzlich vor ihrer Tür. Er erklärte sein langes Schweigen damit, dass man ihn unter falschem Namen in geheimer Mission eingesetzt hätte. Dabei sei es ihm strikt verboten gewesen, Kontakte zu Personen aus seinem früheren Leben zu unterhalten, auch nicht zu seiner Mutter oder Freundin.

Elvira schilderte auch, dass Jonny ziemlich verbittert gewesen sei. Die Bonzen hätten die Ideale, für die er einmal angetreten wäre, verraten und nur die Erhaltung ihrer Macht und persönliche Vorteile im Kopf gehabt. Seine Vorstellungen von einer freien, friedlichen, klassenlosen Gesellschaft hätten sich als Utopie entpuppt.

Die alte Liebe zwischen den beiden sei aber schnell neu aufgeflammt und 1994 hätten sie in aller Stille geheiratet. Elvira hatte eine Tätigkeit in der Altenpflege in Gera aufgenommen und

Jonny habe bis zu seiner Pensionierung weiter bei der Bahn in Frankfurt arbeiten wollen. Man habe eben eine sogenannte Wochenendehe geführt und auch da wäre Jonny manchmal von seiner Arbeit nicht abkömmlich gewesen. Finanziell sei es ihnen gut gegangen, Jonny habe offensichtlich sehr gut verdient und ihr regelmäßig reichlich Geld gegeben.

Lutz hatte seiner ehemaligen Kollegin aufmerksam zugehört und sagte: „Susanne, ich bedanke mich ganz herzlich. Was Du mir berichtet hast, ist ja sehr aufschlussreich und wichtig. Damit können wir uns ein erstes Bild von Ingo Kreis, alias Jonny Peipp, machen.
Ich bin gespannt, wie er sich heute Nachmittag beim Verhör verhält.
Ich werde jetzt gleich in die Dienststelle fahren, meinen Chef informieren und das Verhör vorbereiten. Es wäre schön, wenn wir das Protokoll von deinem Gespräch mit Elvira Peipp möglichst rasch bekommen könnten."

Hauptkommissarin Feigel versprach, das Protokoll umgehend abzuschicken.
Nachdem Lutz und Susanne noch ein paar persönliche Worte gewechselt hatten, beendeten sie das Telefonat.

35.

In einem der Verhörräume der RKI Darmstadt saß Ingo Kreis an einem Tisch, vor sich ein eingeschaltetes Mikrofon und die ihm gegenüber angebrachte Videokamera war ebenfalls in Betrieb.

Hauptkommissar Waski und seine Kollegin, Hauptkommissarin Forstmann, betraten den Raum und setzten sich dem Beschuldigten gegenüber. Der bisher anwesende Polizist ging hinaus.

Lutz Waski begann: „Herr Kreis – oder soll ich Sie lieber mit Peipp anreden? – hat man Sie über Ihre Rechte aufgeklärt? Wollen Sie einen Anwalt?"

Der Beschuldigte erklärte, dass er seine Rechte kenne und auf einen Anwalt vorerst verzichten würde.

Weiter sagte er: „Ich weiß, dass ich mich der Bigamie schuldig gemacht habe. Aber heute Nacht vor ihren Kollegen davonzulaufen, besser davonzufahren, war eine absolute Kurzschlussreaktion von mir. So hoch wird die Strafe schon nicht ausfallen, wenn man meinen Lebenslauf berücksichtigt."

„Na, dann erzählen Sie mal", wurde er von Hauptkommissar Waski aufgefordert.

Ausführlich, von mehreren Pausen unterbrochen, schilderte dann Johannes Peipp sein bisheriges Leben.

Er wurde am 18.9.1957 in Triptis geboren. Sein Vater und auch sein Großvater waren Eisenbahner und er wollte von Kindheit an auch zur Bahn gehen. Nach Abschluss der 10. Klasse hatte er eine Lehre als Eisenbahnbetriebstechniker begonnen und 1976 abgeschlossen. Danach wollte er eine Fachschule besuchen. Er hatte sich aber für drei Jahre zum Wehrdienst verpflichtet und musste diesen noch 1976 antreten.

Peipp betonte, dass er vorher schon in der FDJ aktiv gewesen sei und bei der GST, der Gesellschaft für Sport und Technik, eine vormilitärische Ausbildung absolviert hätte. Er sei von den Idealen des Sozialismus, von einer klassenlosen und von Ausbeutung freien Gesellschaft absolut überzeugt gewesen und 1975 deshalb auch in die SED eingetreten.

Den Wehrdienst habe er im Wachregiment *Feliks Dzierzynski* abgeleistet. Noch während der sechsmonatigen Grundausbildung habe er sich für eine Offizierslaufbahn beim Ministerium für Staatssicherheit verpflichtet. Dort sei er umfassend ausgebildet worden, wobei man auch sein spezielles Interesse für die Eisenbahn berücksichtigt habe. So hätte er auch vier

Semester an der Verkehrshochschule in Dresden studiert.

1983, er war inzwischen zum Oberleutnant befördert worden, hatte man ihm erklärt, dass er für einen Einsatz in der Zentrale der Deutschen Bundesbahn vorgesehen sei. Dazu musste er eine neue Identität annehmen. Ein gleichaltriger Absolvent der Verkehrshochschule, Ingo Kolinski, war bei einem Einsatz für die Stasi in Polen ums Leben gekommen. Kolinski stammte aus Zittau und hatte keine Angehörigen mehr. Peipp musste in dessen Rolle schlüpfen. Dazu gehörte, dass er alles aus dem Leben von Kolinski lernen musste. Dazu gehörte, dass er die Stadt Zittau und die Gegenden, in denen dieser gelebt hatte, kennenzulernen hatte. Auch musste er sich den Inhalt seiner Diplomarbeit zu Eigen machen. So wurde aus dem Student Johannes Peipp der Diplomingenieur Ingo Kolinski.

Als solcher kam er zur Hauptverwaltung der Deutschen Reichsbahn nach Berlin und arbeitete in einem Bereich, in dem strategische Planungen für einen Verteidigungsfall entwickelt wurden. 1986 wurde er einer Arbeitsgruppe zugeteilt, die sich mit dem Transitverkehr zwischen der BRD und der DDR befasste. Eine Tagung dieser Gruppe in Hannover nutzte er zur Flucht in die Bundesrepublik. Sein Auftrag war: Er solle in die Zentrale der Bundesbahn gelangen und von dort über strategischen Planungen berichten. Der Plan gelang. Dem BND, der den Republikflüchtling natürlich unter die Lupe genommen hatte, war der Identitätswechsel entgangen.

Kolinski berichtete regelmäßig bis 1989. Sein Führungsoffizier war Major Gernot Dreikorn.

Mit der Wende 1989 brach für Ingo eine Welt zusammen, obwohl er sich schon in den Jahren zuvor von den Idealen seiner Jugend Stück für Stück verabschiedet hatte.

An dieser Stelle unterbrach Kommissar Waski das Verhör und ordnete eine Pause an.

Zusammen mit Kommissarin Forstmann verließ er den Raum, um im Nebenzimmer, von dem aus die Kriminalräte Haase, Schreiber und Schwarz zusammen mit weiteren Beamten des K 10 das Verhör verfolgt hatten, das weitere Vorgehen abzustimmen.

Waski schlug vor, zunächst die Bigamie-Geschichte weiter zu verfolgen und erst danach auf die Morde an Obermann und Dalmer einzugehen.

Kriminalrat Torsten Haase war einverstanden.

Johannes Peipp hatte Kaffee und ein Stück Kuchen erhalten und die Frage, ob er sich in der Lage fühle, die Vernehmung fortzusetzen eindeutig bejaht.

Er wolle reinen Tisch machen.

1990 sei er zu seiner Mutter nach Triptis gefahren und habe dabei seine Jugendliebe Elvira wiedergetroffen. Mit ihr habe er die alte Liebesbeziehung wieder aufgenommen und auf ihr Drängen habe er sie 1999 geheiratet.

Er schilderte dann, dass er in Frankfurt Aloisia Kreis kennenglernt und diese im April 2000 geheiratet habe. Ihm sei durchaus bewusst gewesen, dass er damit Bigamie betrieben habe, aber Aloisia habe gedrängt und ein schönes Zuhause geboten. Außerdem sei er bei dieser Gelegenheit den belasteten Namen Kolinski losgeworden.

Seine zwei Existenzen, einmal als Jonny Peipp und dann als Ingo Kreis, wären zwar ganz schön anstrengend und finanziell auch sehr aufwändig gewesen, hätten aber auch viel Spaß gemacht. Mit seiner Pensionierung habe er die Sache dann aber beenden wollen.

„Ich werde mich für die Bigamie natürlich vor Gericht verantworten", beendete Peipp seine Ausführungen. „Aber für eine Inhaftierung dürfte das wohl nicht ausreichen. Ich würde jetzt gern meine Frau Aloisia im Krankenhaus besuchen, wo sie – wie man mir sagte – mit einem Oberschenkelhalsbruch liegt."

Die Unverfrorenheit, mit der Peipp offensichtlich glaubte, davonzukommen, verschlug Kommissar Waski fast die Sprache.

Mit einem schärferen Ton setzte er das Verhör fort: „Herr Peipp oder wenn es Ihnen lieber ist, auch Herr Kreis, wir sind noch nicht fertig. Vielleicht sollte ich Sie auch mit OibE Schaffner anreden?"

Der so Angesprochene zuckte deutlich sichtbar zusammen, blieb aber stumm.

„Was sagen Sie zu dieser Waffe", fragte Lutz Waski und legte die Makarow, mit der Felix Dalmer erschossen wurde, auf den Tisch. „Kennen Sie diese Pistole?"

Der Beschuldigte antwortete: „An dieser Stelle verweigere ich die Aussage. Nach den Ereignissen des Tages, insbesondere nach dem Autounfall fühle ich mich nicht mehr in der Lage, ihre Fragen zu beantworten."

Kommissar Waski beendete daraufhin die Vernehmung. Er teilte Peipp mit, dass das Verhör am morgigen Tag fortgesetzt würde und ließ ihn abführen.

37.

Sonnabend, 9:00 Uhr

Johannes Peipp saß wieder im Verhörraum und ihm gegenüber hatten Lutz Waski und Melanie Forstmann Platz genommen. Die Aufzeichnungsgeräte waren eingeschaltet.

Peipp hatte weiterhin auf einen Anwalt verzichtet.

Kommissar Waski begann die Vernehmung: „Herr Peipp, Sie haben ja ausgesagt, dass Sie als OibE, als Offizier im besonderen Einsatz, tätig waren. War *Schaffner* Ihr Deckname?"

Der Beschuldigte nickte, sagte dann aber nach Aufforderung deutlich: „Ja, das war mein Deckname."

Lutz Waski legte wiederum die Pistole auf den Tisch und fragte: „Ist das Ihre Waffe?"

Peipp nahm diese in die Hand und sagte: „Das könnte die Waffe sein, die man mir 1986 mitgegeben hatte, als ich meinen Einsatz in der BRD begann. Das war eine Makarow, aber hier ist ja die Seriennummer herausgefeilt, es ist also nicht sicher, ob dies meine Waffe ist."

„Doch, sie ist es", antwortete der Kommissar. „Laut einer Liste, die sich in Unterlagen der Stasi befand, wurde genau diese Pistole dem OibE *Schaffner* übergeben. Das Herausfeilen der Seriennummer hat unseren Spezialisten

wenig Kopfschmerzen bereitet. Aber – und das ist bedeutsam: Auf einer der Patronen, die noch im Magazin waren, befinden sich Fingerabdrücke von Ihnen. Dieser Fehler hätte Ihnen eigentlich nicht unterlaufen dürfen.
Wir wissen, dass diese Pistole bei einem Überfall benutzt wurde und dabei Gernot Dreikorn mit genau dieser Waffe erschossen wurde. Bitte äußern Sie sich dazu."

Es entstand eine längere Pause und man sah, wie Peipp mit sich rang. Schließlich erzählte er: „Dass Major Dreikorn mein Führungsoffizier war, hatte ich wohl gestern schon gesagt.
Anfang des Jahres 2000 stand er dann eines Tages plötzlich vor mir.
Ich war zunächst wie vor dem Kopf geschlagen, weil ich dachte, dass Dreikorn im Gefängnis sitzen würde. Ich wusste, dass er aus seiner Stasi-Tätigkeit ziemlich viel Dreck am Stecken hatte. Er erklärte mir aber lachend, dass alle Ermittlungen gegen ihn eingestellt worden waren. Er sei jetzt leitender Angestellter einer Firma, die sich auf den Transport von Wertsachen spezialisiert habe. Er habe mit dem ganzen Quatsch von früher und mit der Stasi nichts mehr am Hut. Ich solle aber aufpassen, wenn nämlich meine Agententätigkeit bekannt würde, könne das sehr unangenehme Folgen für mich haben.

Anfang Juli 2000 kam Dreikorn dann mit einem fertigen Plan für einen Überfall auf seinen Geldtransporter zu mir. Er meinte, dass da eine Beute von mindestens 200.000 Mark zu machen sei. Ich sollte 50.000 Mark erhalten und ein Fahrer, den ich noch beschaffen solle, 10.000 Mark. Der Rest wäre für ihn.

Als ich ablehnte, drohte das Schwein, meine Agententätigkeit für die Stasi auffliegen zu lassen.

Ich willigte schließlich ein, wobei mir klar war, dass Dreikorn mich auch weiter erpressen würde. Ich kannte seine Skrupellosigkeit zu genau. Das Geld konnte ich allerdings für mein Doppelleben gut gebrauchen.

Am 14. Juli, einem Freitag, fand – wie Sie ja wissen – der Überfall statt, genauso, wie ihn Dreikorn geplant hatte. Ich hatte Felix Dalmer, den ich im Zusammenhang mit einem Einsatz beim S-Bahn Unglück in Rüdesheim kennengelernt hatte, überredet mir als Fahrer zu helfen.

Felix hat mich immer bewundert, fand das Ganze spannend und da er heiraten wollte, kam ihm zusätzliches Geld sehr gelegen.

Wir hatten am Mittag vor dem Bahnhof in Dieburg einen PKW, einen Opel-Astra-Kombi besorgt und waren damit nach Breitefeld gefahren. Im Wald des Sperrgebietes der MUNA hatten wir dann eine ziemlich große Grube ausgehoben. Kurz vor 18:00 Uhr waren wir am MINI-

MAL Supermarkt in Eppertshausen, vorher hatten wir falsche Kennzeichen am Opel angebracht.

Dann ging alles ganz schnell. Als mir Dreikorn die letzten zwei Geldkisten übergeben hatte, habe ich abgedrückt. Ich hatte rot gesehen und gedacht: „Der wird dich immer weiter erpressen und für seine Taten bei der Stasi hat er sowieso den Tod verdient. Außerdem wollte ich nicht, dass er den Löwenanteil der Beute für sich behält."

Dalmer war über die Schüsse sehr erschrocken. Wir sind dann sofort über die B 45 nach Breitefeld gefahren und haben die drei Kisten eingebuddelt. Ich hatte Felix gesagt, dass wir diese erst einmal liegen lassen würden, bis Gras über die Sache gewachsen sei. Ich habe ihm von meinem Geld fünftausend Mark gegeben und am Bahnhof Münster haben wir uns getrennt.

Felix ist danach, wohl vor allem durch den Tod von Dreikorn, außerordentlich nervös geworden und hat das Rhein-Main Gebiet verlassen."

„Was ist dann weiter mit Felix Dalmer passiert", wollte der Kommissar wissen.

Peipp redete weiter:

„Felix hatte 2004 beim RMV angefangen und wir haben uns relativ oft gesehen. Er hat jedes Mal nach der Beute von dem Überfall gefragt und wollte seinen Anteil. Ich habe ihm stets

215

geantwortet, die Geldkoffer würden noch in ihrem Versteck liegen und wir müssten uns ja auch überlegen, wie wir die D-Markscheine umtauschen könnten.

Das Geld lag aber schon längst nicht mehr dort, nur noch die Koffer. Ich hatte diese sechs Wochen nach dem Überfall leergeräumt.

Felix hatte sich lange hinhalten lassen, aber am vergangenen Freitag hat er mir einen Erpresserbrief geschickt. Ich habe diesen zwischen Akten in meinem Büro versteckt, wir können ihn holen."

„Das wird nicht nötig sein", unterbrach ihn Kommissar Waski. „Wir kennen dieses Erpresserschreiben."

Peipp war sehr erstaunt und antwortete: „Dann werden Sie vielleicht verstehen, dass ich darauf nicht eingehen konnte. Das Geld war nicht mehr da und Dalmer hätte meine ganze Existenz ruiniert. Ich habe nur den Ausweg gesehen, ihn zu liquidieren. Zu meiner Ausrüstung 1986 gehörte auch Gift und so hatte ich beschlossen, Felix damit umzubringen. Die Kaffeegewohnheiten der Triebwagenführer kannte ich und ich habe eine der Thermoskannen präpariert und diese dann mit derjenigen vertauscht, die für Felix bereitgestellt war.

Dass Felix mit Obermann den Dienst kurzfristig getauscht hatte, war mir entgangen. Damit hat es einen völlig Unschuldigen erwischt.

Jetzt blieb mir nur übrig, Felix dort zu erwarten, wo er nach seinem Erpresserschreiben auftauchen würde.
Ich musste ihn erschießen und habe das Ganze als Selbstmord inszeniert. So etwas hatten wir bei der Stasi auch gelernt.
Ich gebe also zu, für den Tod von Obermann, Dalmer und Dreikorn verantwortlich zu sein, wobei es mir um den Letzteren nicht leid tut."

Kommissar Waski beendete das Verhör: „Herr Peipp, wir haben Ihr Geständnis zur Kenntnis genommen. Dass Sie, wie Sie sagen, Dalmer umbringen mussten, kann ich in keiner Weise nachvollziehen. Bei dem vorgetäuschten Selbstmord ist Ihnen auch noch ein Fehler unterlaufen. Dalmer war nämlich Linkshänder.

Sie haben drei Menschenleben auf dem Gewissen, damit müssen Sie klarkommen.
Der Haftrichter wird Untersuchungshaft anordnen, das Weitere ist Sache des Gerichts.
Hiermit ist das Verhör beendet, man wird sie abführen."

37.

Im Wohnzimmer der Familie Brenner saßen Werner Brenner, seine Frau Lilo, Steffi und Lutz Waski sowie die Hauptkommissare Schreiber und Schwartz nach dem Kaffeetrinken noch in gemütlicher Runde beisammen. Tobias spielte draußen im Sandkasten,

Der von Liselotte Schreiber gebackene Kuchen hatte allen gemundet und jetzt hatten jeder ein Glas guten französischen Rotwein vor sich stehen. Die Ausnahme bildete Steffi, die ob ihrer Schwangerschaft mit Apfelsaft vorlieb genommen hatte.

Lutz hatte ausführlich über den nunmehr abgeschlossen Fall berichtet und man war beim Gedankenaustausch darüber, welche Verstrickungen das Leben für manche Menschen mit sich bringen kann und zu welchen Taten manch einer bereit ist.

Da klingelte das Telefon und Kommissar Waski wurde verlangt.

Am Apparat war Kriminalrat Torsten Haase: „Lutz, ich muss Ihnen mitteilen, dass Johannes Peipp tot ist. Ich wurde soeben vom Leiter der Untersuchungshaftanstalt angerufen. Er teilte mit, dass Peipp in seiner Zelle Selbstmord begangen hat. Er hat sich mit Zyankali vergiftet, in seinem Mund fand der Notarzt Glassplitter von einer Ampulle, die der Häftling zerbissen hatte. Es ist anzunehmen, dass auch diese zu seiner damaligen Agentenausrüstung gehört hat. Wie Peipp sie ins Gefängnis geschmuggelt hat, ist unklar, wahrscheinlich irgendwo am oder im Körper versteckt.

Damit ist für uns der Fall endgültig abgeschlossen. Den ganzen notwendigen Papierkram können wir am Montag erledigen, Jetzt wünsche ich Ihnen ein schönes Wochenende und grüßen Sie bitte Ihre Frau und die Kollegen."

Lutz informierte die Runde über das soeben Gehörte und das Gespräch drehte sich noch eine ganze Weile um den Fall, bevor man sich dann angenehmeren Themen zuwandte.

Für die kritische Durchsicht des Manuskriptes und für zahlreiche wertvolle Hinweise bedanke ich mich bei

Prof. Dr. Günter Kaiser und seinem Sohn Lutz, Leipzig;

Frau Eveline Kruschwitz, Berlin und

Dr. Dieter Taubert, Weimar.

Meiner Frau Christel danke ich besonders für das Verständnis, wenn ich viel Zeit am PC verbracht habe, sowie für die sorgfältige Korrektur des Satzmanuskriptes.

Eppertshausen im September 2020

G.F.

Vom gleichen Autor sind beim Verlag Books on Demand (BoD) Norderstedt erschienen:

ISBN 978-3-8370-3827-9

Günter Fanghänel

Der Tote vom Teufelstal

Kriminalroman

ISBN 978-3-8448-1229-9

Günter Fanghänel

Der Tote auf Gleis 2

Kriminalroman

ISBN 978-3-7322-8498-6

Günter Fanghänel

Die Tote in Kabine 8032

Kriminalroman

ISBN 9783839147641

Günter Fanghänel

Die Tote im Abteiwald

Ein Eppertshausen – Krimi

ISBN 9783739249032

Günter Fanghänel

Ein makabrer Fund am Oschütztal-Viadukt und andere Kurzgeschichten

ISBN 783735760005